TAKE
SHOBO

愛執のレッスン

オペラ座の闇に抱かれて

みかづき紅月

Illustration
旭炬

蜜猫
MitsuNeko

イラスト／旭炬

愛執のレッスン　オペラ座の闇に抱かれて

contents

プロローグ

自分の夢すら諦めかけた私には誰も救うことなんてできない。

ずっとそう思っていたけれど——

いつか身を滅ぼしてしまいかねない復讐《ふくしゅう》にとり憑《つ》かれてしまった彼を救いたい。

今はそう思う。

そんなふうに思えるようになったのは、他ならぬ彼のおかげ。

過去のしがらみに捕らわれてもがいていた私を助けてくれたのは彼だった。

だから、今度は彼を救うのは私の番。

そう思うのに、彼にとって何が本当の「救い」であるか、いまだに分からないことがもどかしくてならない。

彼の仮面は素顔のみならず彼の心をも隠して他人を拒絶してしまうのだから……。

激しい情欲に溺れ、互いの渇望を満たすかのように情熱的に交わっているときには彼を近くに感じることができるのに。

否、近くに感じるというよりは、魂が一つに融《と》け合った感覚といったほうが正しいかもしれない。
それなのに――我に返り理性を取り戻すと、再び彼を遠くに感じてしまう。
幾度となく彼から仮面を奪ってしまおうとも思った。
でも、きっとそれでは意味がない。
たった一度だけ見せてくれた彼の素顔をいつかずっと見られるようになれたなら――
そう願いながら、私は今日も誰にも言えない秘密のレッスンに酔わされ乱されていく。
彼の復讐を叶《かな》え、私の夢を叶えるために。
その行く末は、果たして「救い」なのか、「破滅」なのか？
今はまだ誰にも分からない。

第一章

（やっぱり駄目だわ。ものすごく緊張してしまう。いい加減もう克服できたと思ったのに）

アンジュ・ホワイトは両手を握りしめて震えを止めようとする。手のひらはすでに緊張のあまりじっとりと汗ばんでいた。心臓は恐ろしい速さで脈打っている。

彼女は長く伸ばした淡い色の金髪に白薔薇でつくった冠をかぶり、ふんわりとしたパフスリーブをもつ純白のドレスを身にまとっていた。

豊かに膨らんだ胸にくびれたウエスト――いかにも女性らしい身体つきをしてはいるが、その表情はまだ何も知らない少女のようにあどけない。

一際目を引くのは湖の底を思わせる深い青色の瞳。その強い輝きは、宝石のタンザナイトを彷彿《ほうふつ》とさせる。

しかし、その双眸《そうぼう》は極度の緊張のために曇っていた。

（いずれ克服しないと……オペラ歌手になんて夢のまた夢……）

そう自身の胸に言い聞かせると、深呼吸を何度か繰り返してからすっくと椅子から立ち上がった。

だが、鏡に映る青ざめきった顔を見るや否や自己嫌悪に陥る。

知る人ぞ知る隠れ家的なレストラン、アピシウスのこぢんまりとしたステージで、これから歌を披露する。ただそれだけのことなのに、今にも死んでしまいそうな顔をしている自分が情けない。

高級店ではあるが、観客の数などオペラ座のそれとは比べるべくもないのに――

オーナーによる面接のときは、一対一だったせいかかろうじて歌うことができた。

それで歌姫として採用されることになり今に至るのだが、やはり複数の人の目に晒《さら》されるのはまだ早かったのかもしれない。

とはいえ、オペラ座で歌うという夢を叶えるためには避けては通れない道。いつかは克服しなければならない。

（大丈夫、きっとうまく歌えるわ……どうか神様、お守りください……）

アンジュは胸の前で手を組んで祈りを捧《ささ》げると十字を切った。

と、そのときだった。

一瞬、鏡の中に妙な違和感を感じてハッと息を呑《の》む。

「…………」

何がおかしいのか？　目を凝らしてじっと鏡に映る自身を探るように見つめる。

（天使よ――救いを彼へ――）

「っ⁉」

突如、頭の中に声が響きアンジュは驚きのあまり耳を塞ぐと、声ならぬ声をあげて身を縮こまらせる。

（……誰っ⁉　今……のは……一体何⁉）

形容しがたい恐怖に襲われ、全身がガタガタと震えてしまう。

まさか耳ではなく頭の中に直接声が響くなんてことがあるなんて……経験するこの瞬間まで考えたことすらなかった。

（天使……って私のこと？　救いを……誰にですって？）

得体の知れない胸騒ぎを覚えて、アンジュは顔をしかめると唇を噛《か》みしめる。

気のせいに決まっている。きっと緊張のあまり幻聴でも耳にしたのだろう。

そう思おうとするが、同時に心のどこかで「それは違う」と分かっているもう一人の自分もいた。奇妙な予感めいたものが心身を昂《たか》ぶらせていた。

（救いは……私が欲しいくらいなのに……誰かを救うだなんてできるはずないのに）

今にも泣き出してしまいそうな表情で、アンジュは救いを求めるように天井を仰ぐ。

いつまで経《た》ってもトラウマに囚《とら》われたまま、なかなか思うように夢へと近づくことができないもどかしさに何度自分に失望してきたか。自分には歌しかないのに——夢をあきらめる他ないのだろうか？

（駄目……思い出しては……）

いつもは胸の奥に封じてきた黒々とした思いが頭をもたげてきて慌てて目を逸《そ》らす。

しかし、それは胸の奥をじわりと侵食していく。

「……っ」

アンジュはドレッサーの前から逃げるようにして控室から飛び出した。

ドレッサーの上に置かれていた香水の瓶が倒れて床に落ち砕けてしまうも、それに気づく余裕すら彼女には残されていなかった。

室内には、薔薇のむせかえるような妖しい香りが満ちていた。

ж　ж　ж

控室から出てきた彼女を迎えたのはレストランのオーナーだった。

「いやぁ、想像以上に美しい！　さあ、お客様がお待ちかねです。素晴らしいステージを期待していますよ！」

「は……は、い……」

恰幅《かっぷく》の良いオーナーはいつにも増して上機嫌だった。ひげを撫《な》でつけながら満面の笑みを浮かべている。

恐らく思った以上に客の入りが良かったのだろう――隠れ家的な高級レストランとはいえ、パリシアでは次から次へと新進気鋭のレストランが開店して競争が激しいため、かつては予約も半年待ちだったアピシウスも近年苦戦を強いられているとオーナーから聞いていた。

その打開策の一つとして、アンジュは歌姫に採用されたのだった。

その期待に応えねばと思うが、そう思えば思うほど余計にアンジュの緊張は募り、今すぐこの場から逃げ出したくなる。

オーナーに案内されて舞台の袖へと移動すると、そっとステージの様子を窺《うかが》ってみた。その次の瞬間、見なければよかったと後悔する。

（満席だなんて……どうして……）

無名の歌姫だというのに――かつてのあまりにも短すぎる栄光を知る人々がわざわざ集まってくれたのだろうか？　それともオーナーの宣伝力のおかげか？　はたまたその両方か？

こんなにも多くの人々が足を運んでくれるなんて思いもよらなかった。

それは喜ぶべきことであるはずなのに、どうしようもなく不安が肥大して、怖いという思いのほうが勝ってしまう。

自己嫌悪に駆られるアンジュだが、こういった感情を自分ではどうすることもできない。

頭の中が真っ白になり、その場に茫然自失《ぼうぜんじしつ》となって立ちつくす。

だが、オーナーはそんな様子に気がつきもせずに追い打ちをかけた。

「ほら、あの右端の席にいらっしゃる白髪の紳士！　あのハイン・ネグリオール氏ですよ！　パリシア一のオペラ作曲家の。まさかそんな大物まで足を運んでくれるなんて。いやぁ、本当に素晴らしい！　貴女《あなた》は知る人ぞ知る有名な方だったんですね。そうとも知らず、お恥ずかしい。知っていればわざわざオーディションなんてしなかったのですが。失礼しました」

「——っ!?」

息を呑んでオーナーに言われたほうへとこわごわと目を運ぶ。

確かに——そこにはパリシア一のオペラ作曲家として名高いハイン・ネグリオールの姿があった。まだ五十には届かないはずだが、その白髪ゆえか年老いて見える。やたらにまばたきを多く繰り返し、いかにも神経質そうだ。

パリシア一の作曲家の目に留まれば、確実にオペラ歌手としての道も拓《ひら》けるはず。

千載一遇の機会のはずなのに、アンジュは素直にそれを喜ぶことができない。むしろ、自分なんて恐れ多いと思ってしまい、今すぐこの場から逃げ出したい衝動に駆られる。

「では、そろそろ時間です！　頼みましたよ！」

「っ!?」

オーナーに背中を押されて、アンジュはよろめくようにしてステージへと出ていった。

瞬間、歌姫の登場を待ちかねていた客たちから拍手が送られる。

「…………」

アンジュはドレスを握りしめ、その場に棒立ちになったまま、しばらくの間動くことができなかった。

だが、ハッと我に返ると、右手を左胸にあて腰を落としてぎこちなく一礼した。

拍手がさらに大きくなって空気を揺るがす。

それと同時にアンジュの視界は暗がりに覆われていき、周囲の全ての音が一斉に遠のいていく。まるで現実から逃れようとでもするかのように。

それは幾度となく彼女を苛《さいな》んできた不吉な前兆だった。

(ああ……駄目、このままでは……また失敗してしま……う……)

全身から嫌な汗が噴き出し、くるおしい動悸《どうき》に襲われる。

過去の記憶がフラッシュバックで脳裏に蘇《よみがえ》り、心が悲鳴をあげる。

音大の卒業公演で首席として最も目立つ役を与えられることは、その後の進路を約束されたようなもの。

盛大な拍手の中、スポットライトを浴びた自分。身体も顔も熱を帯びていた。

夢を叶えるための第一歩を踏み出すことができた心地よい興奮を噛みしめながら、持てる全ての力を注いでアリアを歌いあげた。

その直後に絶望の奈落へと突き落とされるとは夢にも思わずに――

(駄目……今は……今だけはお願い……集中させて……)

恐ろしい記憶が生々しく蘇るや否や、目の前が真っ暗になり、胸の奥から吐き気すらこみ上げてくる。

すでに前奏は始まっているというのに――震えは全身に拡《ひろ》がっていくばかりで。一向に収まらない。

「……っ」

やがて、ついに前奏は終わってしまうが、声が喉の奥に張り付いて出てこない。

喉に手を当てて声を振り絞ろうとするが、どうすることもできない。

観客たちが互いの顔を見合わせながら首を傾《かし》げる。だんだんと怪訝《けげん》そうなざわめきが大きくなり、ついには演奏も中断してしまう。

（……どう……しよ……う……）

顔面蒼白《そうはく》になったアンジュは震えながらその場に立ち尽くすことしかできずにいた。

だが、そのときだった。

「静粛に──」

重低音の色香ある男性の声が、突如として店内のざわめきを打ち破ったのだ。

その声を耳にした瞬間、アンジュは雷《いかずち》に打たれたかのような衝撃を受ける。

「っ⁉」

（すご……い。なんて……声……なの……）

声量もさることながら、これほどまでに男の色香が滲《にじ》み出《で》た男性の声を耳にしたのは初めてのことだった。

その低い響きは下腹部まで伝わってくるかのようで怖いほどの興奮が身体の奥から沸き立つ。

アンジュは熱い吐息を洩《も》らすと、両腕を抱きしめるようにしてぶるりと身震いした。

彼のたった一声が彼女の緊張の縛《いまし》めを断ち切った。

アンジュは信じがたい思いで、自分を助けてくれた声の主を見た。

しんと静まり返った店内の中、人々の注目を集めているのは一番奥の席についていた一人の紳士だった。

「……っ⁉」

彼の姿を目にした瞬間、アンジュの心臓はどくんっと太い鼓動を刻んだ。

(仮面の……紳士……)

身体にぴたりと沿うようにつくられた上等の礼服にアスコットタイを締めたその紳士の顔は仮面に覆われている。

しかし、仮面越しであっても彼のまなざしはどこまでも鋭く強くアンジュを貫いてくる。

アンジュは、その得体の知れない輝きを宿した黒水晶を思わせるミステリアスな瞳から目を離せなくなる。彼以外の人々が目に入らなくなる。

(……どうして私をそんな目でご覧になるの？)

その理由を知りたい——アンジュはそう思う。

これほどまでに情熱的なまなざしを誰かから向けられるのも初めてのことだった。

飢えた獣を思わせるものでありながら、その奥底には胸を締め付けてくるような孤独が隠されているように思えてならなくて。よりいっそう気になってしまう。

背が高くすらりとした体躯《たいく》に広い肩幅——全身から匂い立つような男の色香を醸し出した紳士を見つめる周囲の女性たちは皆うっとりとした表情で熱い視線を送っている。

だが、彼はそんな視線などまったく意にも介していない様子で、たった一人アンジュだけを一心に見つめていた。

これほどまでに立派な紳士、一度でもどこかで出会ったことがあるなら絶対に覚えているはず。覚えていないということは、紛《まぎ》れもなく初対面に違いない。

にもかかわらず、どこかで出会ったことがあるような。そんな不思議な既視感《デジャヴ》を覚えながら、アンジュはまばたきも忘れて紳士に見入っていた。

すると、紳士は手にしたワインを飲みほしてからグラスを机に置くと、大粒の紫水晶《アメジスト》をあしらったチェスのキングの駒を模した杖《つえ》を手に席からゆっくりと立ち上がった。

刹那、圧倒的な存在感というべきものがさらに増した気がして——アンジュは思わず無意識のうちに後ずさってしまう。

それに気が付いたのだろうか？

紳士は不敵な微笑《ほほえ》みを口元に浮かべると、獲物を追い詰める獣のようなまなざしでアンジュを射抜き、ステージに向かって悠然と歩いてくる。

長い足が交差するたびに、長めに伸ばした漆黒の長髪が揺れて艶《つや》やかな光を放つ。

獰猛《どうもう》な獣のような切れ長の目とは裏腹にその所作は洗練された優美なもので——そのコントラストが彼の魅力をより一層際立たせていた。

やがて、紳士はステージへとあがってきたかと思うと、その場に固まったままのアンジュの手をとりその場に片膝をついて恭しく一礼した。その様子は、姫に忠誠を誓う騎士さながらだった。

「……っ!?」

彼の柔らかな唇が手の甲に触れた瞬間、アンジュは肩をびくっと跳ね上げてしまう。

(あ、ぁ……どうして……)

自らの過敏な反応に驚きを隠せない。

彼の一声こそが今まで自分を縛めて《いまし》いた鎖を断ち切ってくれたはずなのに、一転して彼の全てに縛められているような錯覚に襲われる。

畏怖と戸惑いの入り混じった表情を浮かべるアンジュを仮面越しに見つめる紳士のまなざしはよりいっそう熱を帯びていくかのようだった。

紳士は彼女の手を両手で包み込むように握りしめると、ため息混じりの低い声で独りごとのように呟《つぶや》いた。

「――ようやく見つけた。私のエンジェル」

「っ⁉」

(エンジェ……ル?)

アンジュは耳を疑う。

ただの聴き間違いに違いない。そう思うも頬は火に焙《あぶ》られたかのように熱く火照り、全身の血が興奮に沸き立つ。

「ずっと君を探していた。ようやく見つけ出すことができた」

(私を……ずっと?)

紳士の意味深な言葉がアンジュの胸に激しい揺すぶりをかけてくる。

（一体、どなたなの？　なぜ私を探してらしたの？）

「――君の素晴らしい歌声を私が解き放ってみせよう」

そう言うと、紳士はステージの片隅に置かれたピアノへと彼女をエスコートしていった。

夢見るような面持ちのアンジュは、おぼつかない足取りで彼に従う。

紳士はピアノの蓋《ふた》を開けて、椅子へ腰かけて高さを調整すると、鍵盤にその指をのせた。

その間、誰一人声を発するものはいなかった。

オーナーですら、我を忘れ息を詰めて紳士の一挙一動を見守っている。

紳士はアンジュへ一度だけ流し目をくれたかと思うとピアノを奏で始めた。

オペラの前奏部分――長い指が鍵盤の上を軽やかに踊る様子に見入りながら、彼の奏でる優しい音色にいつしかアンジュは身を委《ゆだ》ねていた。

（……私が歌いやすいように……音程を少しずらしてくださっている……）

心身共に包み込まれるような演奏に安心しきったアンジュの表情には、穏やかな笑みすら浮かんでいた。

（ああ、歌いたい……歌わずには……いられない……）

胸の奥からこみあげてくる熱い衝動に衝《つ》き動かされるようにして、気が付けばアンジュは透き通った歌声を解き放っていた。

刹那、いまだかつて味わったことのないような歓喜に包み込まれる。

胸が高揚し、ずっと深い霧に閉ざされた目の前が開けていくかのようだった。

（……私……ステージの上で歌えている⁉　あれだけ歌えなかったのが……嘘《うそ》みたい）

信じがたい思いで目をしばたたかせながら、アンジュは感極まって紳士を見た。

すると、彼は目を細めて彼女へと頷《うなず》いてみせる。

見事なピアノの演奏とそれに引けをとらない歌声とに、人々は微動だにせず聴き入っていた。

（……不思議……今なら何でもできそうな気がする……）

別人になったかのような感覚に酔い知れながら、アンジュは心地よさそうに朗々とアリアを歌いあげていく。

背に翼が生え、大空に舞い上がっていくかのような昂揚《こうよう》感に打ち震えながら。

やがて、アンジュはアリアを最後まで歌いきった。

「……っ」

興奮冷めやらない様子で息を弾ませながら、ようやく客席を見渡す余裕を取り戻した瞬間、大きく見開いた目から涙が溢《あふ》れて零《こぼ》れ落《お》ちていく。

濡《ぬ》れた紺碧《こんぺき》の目は今やまばゆいまでに強い輝きを放ち、その目から零《こぼ》れ落ちていく涙は真珠のように美しい。

我に返った観客たちが総立ちになってステージ上の二人へと拍手を送る。

たった一人――ハイン・ネグリオールを除いて。

ハインは真っ青になってその場に固まっていた。その身体は小刻みに震えている。

仮面の紳士はそんな彼に流し目をくれると不敵な微笑みを浮かべてみせた。

しかし、感極まったアンジュは彼らのやりとりには気づかない。

盛大な拍手の渦に包みこまれ、涙を流しながら右手を左胸へとあてて深々と一礼した。

拍手はいつまで経っても鳴りやみそうにない。

アンジュは気恥ずかしそうな表情で紳士へと目配せしてみせる。

すると、紳士は鷹揚《おうよう》な微笑みを浮かべて観客たちのアンコールに応えるべく、再び指を優雅に鍵盤へとのせた。

その穏やかな音色から、アンジュはその曲名をすぐに悟る。

(主よ……人の望みよ喜びよ)

誰もが一度は耳にしたことがあるだろう曲。

しかし、アンジュにとっては特別な曲だった。

(懐かしい……)

聖クリスの祝日を祝う讃美歌《さんびか》——オペラ歌手だった母が、教会のチャリティーコンサートで歌い上げた曲であり、幼い頃のアンジュの胸を打ち、母と同じ道を目指すきっかけとなった大切な曲だった。

(どうしてこの曲を……)

ただの偶然なのだろうが、運命めいたものを感じずにはいられない。

アンジュは昔を懐かしく思い出しながら、穏やかな微笑みを浮かべて特別な一曲を大切に丁寧に歌い上げていく。

母のようなオペラ歌手になりたいという思いが新たになる。

至福なひとときはあっという間に過ぎていき、気が付けばアンジュは再び盛大な拍手に包まれていた。

（あんなに怖かったのが……嘘のよう……こんな暖かい拍手をいただけるなんて……）

そう思った瞬間、いつの間にか観客を敵だと見なしていた自分に初めて気が付く。敵だと思っていたからこそ、あんなにも怖かったのだと思い至る。

満ち足りた微笑みを浮かべたアンジュは、感謝の念を込めてもう一度深々と客席に向かって一礼した。

万雷の拍手が二人へと惜しみない賛美を送る。

紳士は静かに立ちあがると、ステージから降りていく。アンジュの傍《そば》を通りすぎざまにそっと彼女の手に自身のハンカチを渡して。

「……っ⁉」

アンジュは紳士の背に声をかけようとする。

しかし、それより早く舞台の袖からやってきたオーナーに握手を求められて、その機会を失ってしまう。

（あ……待って……お礼も言えていないのに……）

すがるように紳士の背中を見つめるも――彼が後ろを振り返ることはなかった。

颯爽《さっそう》とアンジュのピンチを救った彼は、何事もなかったかのように自席へと戻っていくと従者と思《おぼ》しき老執事を伴って店から出ていってしまう。

（……まだ……お名前も伺っていないのに……）

「あの……すみ……ません。ちょっと通して……くだ……」

「いやぁ！　本当に素晴らしい歌声でした！　明日からもぜひまたお願いします」

「……は、はい。でも、あの……その……少しだけ時間を……」

「さあさあ！　まだ夜は長い――もう一曲歌っていただきましょう！　お客様のリクエストに応じてはもらえませんか？」

「……ええ……それは……もちろんですが……その……」

「では早速お願いします！」

「…………」

興奮したオーナーの勢いに気圧《けお》されてしまい、アンジュは紳士の後を追いたいと申し出ることができない。

（どうか、また……会えますように……）

アンジュは彼が渡してくれたハンカチを握りしめると、今まで感じたことのない切ない気持ちを持て余しながらそう祈る他なかった。

第二章

（……このハンカチ、お返ししないと……でも、どうやって？　あの方がどこのどなたとも分からないのに……）

寝る前、自室にて日記を書き終えたアンジュは、机の傍に置いた白いハンカチに目を落とすと、熱いため息をつく。

端にはＦＶのアルファベットのモノグラムが臙脂《えんじ》の糸で刺繍《ししゆう》されてある。恐らく彼のイニシャルなのだろうが、さすがにそれだけではどこの誰かまでは分かるはずもない。

アンジュは刺繍を指先でつっとなぞりながらそっと目を閉じる。

まぶたの裏には、ピアノを弾《ひ》く仮面の紳士の姿が蘇る。

あの長い指が奏でる音色は耳に優しくありながら、時に情熱的に迫り来る大胆さをも併せ持っていた。

少し思い出すだけで胸が熱を帯び、あのときの感動が鮮やかに蘇る。

（もう一度お会いしたい……だけど、オーナーもご存じない方だったなんて……どうすればお会いできるのかしら）

彼はレストランの常連客というわけでもないらしく、誰も正体を知らないという話だった。あの仮面の紳士の一切は謎に包まれていた。

彼との演奏が好評を博したことによって、連日レストランのステージで歌わせてもらえるようになったアンジュは、来る日も来る日もステージの上で紳士が再び店に足を運んでくれはしないかと心待ちにしていた。

しかし、あれ以来彼は一度も姿を見せていない。

（……ステージで緊張しないで歌えるようになったのはあの方のおかげなのに。そのお礼だって伝えたいのに……）

アンジュは目を開いて再びハンカチを見つめる。

彼と出会ったときにいつでも返せるようにと持ち歩いているつもりだったが、ステージに上がる前などにはこのハンカチに随分と勇気づけられているため、もはやお守りのような存在になっていた。

（どうしてあのときに後を追わなかったんだろう……）

何がなんでも追いかけるべきだったと、何度後悔したか知れない。

あれからもう二週間が経とうとしている。その間、気がつけば寝ても覚めても彼のことばかり考え続けてきた。

こんなことは生まれて初めてのことで、自分でもどうしたものか分からない。

再びアンジュが長いため息をついたそのときだった。

「アンジュ、いる？」

「っ⁉　お姉……ちゃん⁉」

ノックもせずに部屋のドアが開き、そこから姉のルルーが顔を覗《のぞ》かせたのだ。

アンジュは驚きのあまりその場に飛び上がると、慌ててハンカチをスカートのポケットへとねじこんだ。

「もう……ドアはノックしてって……何度もお願いしているのに……」

「硬いこといいっこなしよ♪　それとも何か私に隠し事？　水臭いわね」

「ちっ、違うわ……そんなんじゃ……」

「そうだって顔に書いてあるわよ。真っ赤だもの」

「…………」

にやにやといたずらっぽい笑み浮かべた姉から目を逸らすと頬を膨らませてみせる。

しかし、そんなふうにいじければいじけるほどかえって姉を喜ばせてしまうのは経験上明らかだった。

そう分かってはいても、つい反応してしまう自分がうらめしい。

ルルーが部屋の中に入ってくると、腕組みをしてアンジュをジロジロと眺めてくる。その様はさながら眉をハの字にして困り果てた妹をどう弄《いじ》ろうかと企《たくら》んでいるかのよう。

ひとしきり推理らしきものを終えてから、彼女は確信めいた口調で妹にこう告げた。

「さては、恋――ね」

「――っ⁉」

姉に思わぬ指摘をされて、アンジュの顔は熱く燃え上がる。

（こ、恋っ？　これが？　嘘よ……そんな……）

今までずっと夢のためにがむしゃらな毎日を送ってきた。同級生たちが恋の話で盛り上がっているときも我関せずといったふうに。

夢を叶えるために寄り道をしている暇などなかった。

病気で声を奪われた母が失踪した後、母の志を継ぎたいと本気でオペラ歌手を目指し始めた自分を誰よりも応援してくれた姉のためにも――

それなのに――と、アンジュは自分のために仕事をいくつも掛け持ちしてくれているルルーに申し訳なく思う。

「そんなんじゃないわ……からかわないで……」

「からかってなんかいないわよ。いいじゃない。恋の一つや二つくらいしたって！」

「……でも、お姉ちゃんは？」

「あら、こう見えてそこそこお誘いはあるのよ？　心配はいらないわ」

「…………」

（お姉ちゃんは綺麗《きれい》で明るいし……心配なんてしていないけれど……）

自分のために我慢してくれているのでは――と自己嫌悪に拍車がかかる。

すると、ルルーは顔を曇《くも》らせたアンジュの鼻をつまんできた。

「こら、また何か余計なことを考えているでしょう？」

「……うぅ」

「お姉ちゃんのことは大丈夫だからっ！　今は自分の心配だけしておきなさい」

いつもこうやって明るく背中を押してくれる姉に、アンジュは心の中で感謝する。同時に早く夢を叶えて姉の荷物を軽くしなければとの思いも新たになる。

「で、お相手はどんな人なの⁉　かっこいい？」

「……どんな人って……それすらまだよく分かっていないのに……」

「あらあら、いいじゃない！　ミステリアス！」

「もう……だから、違うって言っているのに……」

「お姉ちゃんの目はごまかせないわよ？　さっきポケットにしまったハンカチ――彼のものでしょう？」

「……っ⁉」

姉の鋭い推理にアンジュは息を呑む。

そんな妹の反応にルルーは満足そうに何度も頷きながら、「やっぱりね」と勝ち誇ったように言う。

何がやっぱりなのか――アンジュはますます狼狽《うろた》えてしまう。

「どうして……そんなことまで……」

「ねえ、それ……本気で言ってる？」

「え？」

きょとんとする妹にルルーは盛大なため息をついてみせると、半目になって言った。

「……あのね、あれだけ肌身離さず大切そうに持ち歩いていて……時々取り出してはため息交じりに見つめてれば誰だってそれくらい簡単に推察できるわよ……バレバレ」

「っ⁉」

呆《あき》れきったふうに姉に言われて、アンジュは恥ずかしさのあまり死にたくなる。

たまらず弾《はじ》かれたようにベッドに飛び乗ると、シーツを頭からかぶって縮こまる。

「っぷ！　何それ？　そこまで恥ずかしがることでもないでしょう？」

笑いを必死に噛み殺している様子の姉をうらめしく思いながら身悶《みもだ》える。

（まさかそんなバレバレな態度をとっていたなんて……もしかしてオーナーや常連さんたちも気づいていたりして……）

急にお腹《なか》がしくしくと痛みだしてくる。

「……お姉ちゃん、もうお願いだから……一人にしておいて……」

「はいはい、それじゃ手紙は置いていくわね」

「え？」

（手紙？　一体誰から？）

なんだか妙に意味深な姉の言葉を怪訝に思いながら、アンジュはシーツの隙間から恐るおそる外の様子を窺《うかが》う。

そんな妹の頭をシーツの上から撫でると、ルルーは彼女の目の前――ベッドの上に封筒を置いて部屋から出ていった。

封筒の表側には、カリグラフィーと見まがうほどの達筆で「アンジュへ」とだけ書かれてあった。住所は書かれていないし切手も貼られていないということは、直接家のポストへ投函《とうかん》されたものなのだろう。

しかし、なぜわざわざそんな方法をとらねばならなかったのだろう？

アンジュは小首を傾げながら封筒を手にとると、裏返して差出人を確認した。

「――っ⁉」

封筒の裏側を見た瞬間、胸がどくんっと高鳴る。

差出人は書かれていなかった。

しかし、ハンカチに刺繍されていたものと同じFVというイニシャルをモノグラムにした封蠟《ふうろう》がアンジュの目を引いたのだ。

驚きのあまり、しばしその場に固まってしまう。

（この手紙は……あの方からのもの⁉）

アンジュは急《せ》く思いでベッドから飛び出したかと思うと、震える手でレターオープナーを使って丁寧に封筒を開いていく。

心臓が口から飛び出してしまうのではないかというほど激しく躍っている。

果たして――中から出てきたのは一枚のカードだった。

アンジュは期待と不安の入り交じった気持ちでカードを開いた。

『親愛なる歌姫へ　本日、オペラ座の五番ボックスにて待つ』


カードにはたった一行そう書かれているだけ。時間も用件も書かれていない。

あまりにも謎めいた文面にアンジュは困惑する。

(これって……いったいどういったお誘いなのかしら?)

劇場のボックス席は一般席とは異なり、庶民にはとても手が届かない非常に高価なもの。

特にパリシアのオペラ座のそれは、大抵は貴族がいつでもオペラを鑑賞できるようにという理由だけで年間を通して貸切っている。

オペラをこよなく愛した元国家主席が、そのメンバーに名を連ねているということからも、それらがいかに特別な席か窺える。

中でもオペラ座の五番ボックス席といえば、舞台の両脇にあたる特等席――アヴァンセーヌと呼ばれる最も高価な席であり、まさかそんな特別席への招待を受けるなんて予想だにしなかった。

だが、さすがのアンジュもその招待を素直に喜ぶことはできず、「なぜ?」という思いを拭《ぬぐ》えない。加えて別な不安も募る。

(せっかくのお誘い……ぜひ伺いたいところだけれど……ボックス席に相応《ふさわ》しいドレスもない

のにどうしよう……）

突然の招待に現実味がわかない一方で、そんなことを思い悩んでしまう自分がなんだかおかしい。

だが、もしも夢でないとしたら、それは重大な問題だった。

オペラ座の座席は大まかに上流階級層向けの高価な席と庶民向けの安価な席とに二分され、入口さえも分けられている。

自分が精一杯のおしゃれをしたところで入口で門前払いをくらう可能性も大いにありうる。何せオペラ鑑賞は上流階級の人々にとって大切な社交の場でもあるのだから――

それを思うと、浮かれた気持ちがたちまち萎《しぼ》んでしまう。

だが、そのときだった。

ノッカーの音がして、姉が応対している様子がドア越しに聞こえてくる。何やら珍しく慌てている様子にアンジュはようやく我に返った。

（お姉ちゃん？　どうしたのかしら？）

招待状を手にしたまま、ドアノブに手をかける。

ドアを開くと――そこには姉のルルーではなく小柄な老執事が立っていた。

「……っ⁉」

驚きのあまり言葉を失うアンジュへと恭しく一礼する。

（この人は……あの紳士の……）

「アンジュ様、お迎えにあがりました」

(様っ!? それにお迎えって……まさかさっきの……ご招待の件!?)

察しはつくものの、まだ招待を受けると決めたわけでもないのに——と戸惑う。

(そんな……ど……どうしたらいいの?)

老執事の後ろで茫然《ぼうぜん》としている姉に目配せで尋ねてみるも、「そんなの分かるはずないでしょ! っていうかなんで執事がウチにっ!?」とばかりにものすごい形相で首を勢いよく左右に振られてしまう。

さすがにこれは自分でなんとかするしかないようだ。

アンジュはひきつった笑いを浮かべると、躊躇《ためら》いがちに口を開く。

「あの……あまりにも突然すぎるご招待でしたので……少し考えるお時間はいただけませんでしょうか?」

「——何か不都合でもございますでしょうか?」

モノクル越しに老執事の目がぎらりと光る。

見た目は穏やかな物腰なのに、彼にはどこか油断ならないところがあり、アンジュは気圧されてしまう。

「その……仕事もありますし……」

「ご安心ください。その件につきましては、主からすでにアピシウスのオーナーに許可をいただいております」

「許可……ですか？」

「ええ——歌姫を一日貸し出していただくという取引にございます」

「…………」

（貸し出しに取引って……人を物みたいに……）

老執事の口ぶりが引っかかるも、その話が本当ならば自分に断る権利はない。まさか雇い主の顔をつぶすわけにはいかない。

「ちょっと！　黙って聞いていれば……人の妹を物みたいに扱わないでください！」

ルルーがアンジュの言葉を代弁すると、腰に手をあてて老執事と妹の間へと割って入ってきた。アンジュを背に庇《かば》い、目を吊り上げて老執事に対峙《たいじ》する。

「申し訳ございませんが、わたくしがお迎えにあがったのはアンジュ様にございます。お姉様はお控えください」

「なっ……」

執事の慇懃《いんぎん》無礼《ぶれい》な物言いは反論を許さない厳しさを秘めたもので、さすがのルルーも言葉に窮してしまうほどの迫力があった。

「さあ、アンジュ様、他に何か不都合はございますか？」

「……っ」

いかなる抵抗も無駄だ——彼の鋭い双眸はそう告げていた。どれだけ不都合を述べて、紳士の招待を辞退しようとも論破されてしまうに違いない。

他人の上に立つ人特有のカリスマめいた雰囲気は、どうやら主のみならず従者にも備わっているものらしい。

「……分かりました。ご招待をお受けします」

「っ⁉　アンジュ？　大丈夫なの⁉」

心配そうに目の奥を覗《のぞ》き込《こ》んでくる姉にアンジュは躊躇《ためら》いがちに頷いてみせる。本当は不安で仕方ないが、あの紳士にもう一度会いたいという気持ちに嘘はない。

「お借りしているものもあるし、行ってくるわ」

「……そう……でも、くれぐれも気を付けてね」

「ええ」

ルルーのハグに応じると、アンジュは改めて老執事を見た。

彼の表情から、この突然の招待の謎を解くカギを求めて――

しかし、執事は穏やかな微笑みを絶やすことなく、「では、ご案内いたしましょう」と言って深々と頭を下げただけだった。その表情からは何の意図をも汲み取れない。

それがかえって不自然な気がして、アンジュは怖気《おじけ》づきそうになる。

（今なら……まだ間に合う……断ったほうがいいのかもしれない……）

「…………」

ただごとならぬ予感に怖気づきそうになるが、アンジュは招待状とハンカチを手にとると、勇気を奮い立たせて老執事の後へとついていく。

執事は時折後ろを振り返ってアンジュを気遣いながら、表に停《と》めてあるクラシックカーへと彼女を先導していった。

磨き抜かれて曇り一つない高級車が、まるで見知らぬ別世界への水先案内人のように見えて、アンジュは足を止めてしまう。

(怖い……)

あれだけ紳士との再会を願っていたにもかかわらず、得体の知れない不安に襲われて逃げ出したくなる。

(やっぱり……これは何かの罠《わな》かもしれない。一人では危険すぎる……)

そう思いなおして、やはり引き返そうとする。

しかし、老執事がその行く手を遮った。

「——アンジュ様、何かお忘れ物でもございますか?」

「……っ!?　い、いえ……その……」

「それはようございました。もっとも——アンジュ様のご準備は主からわたくしめに一任されておりますのでご心配なく」

「………」

かえって不安が募って苦笑するアンジュに構わず、執事は後部座席のドアを恭しく開くと白い手袋をはめた手を差し出してきた。

アンジュは彼の手を借りて車内へと乗り込む他ない。

（やっぱり駄目……抗《あらが》えない……）

老執事のまなざしはどこまでも鋭くアンジュを射抜いていた。

主の命令こそが絶対であり、それを妨げるものはけして赦《ゆる》さない。そう無言のうちに物語っていた。

アンジュがおずおずと革張りのシートに身体を沈めるのを見計らって、彼は車のドアを閉めた。

「……っ⁉」

その音にアンジュは細い肩を跳ね上げて身を硬くする。

（もう……逃げられない……）

なぜかそんな不穏な言葉が頭をよぎり血の気が引いていく。ただ単に車に乗り込んだだけだというのに、たった今、外の世界と隔絶された気がして身震いする。

老執事の運転するクラシックカーはアンジュを乗せて走り出した。

ж　ж　ж

（これって……お誘いというよりは……むしろ連行というほうが正しいような……）

アンジュは思いつめた表情で執事の案内に従い、オペラ座の二階にあるボックス席へと向かっていた。

精緻なフレスコ画が至るところにあしらわれた豪奢《ごうしゃ》な内装の煌《きら》びやかさもさることながら、巨大なシャンデリアが放つまばゆさに目がくらむ。

オペラ座の中でも最も手の込んだ黄金の装飾が施されている大ホールでは、着飾った男女がシャンパングラスを片手に優雅に会話に興じている。

その様子は別世界さながらで――自分なんかがこんな場所にいてもよいのだろうか？　という不安を煽《あお》られる。

アンジュは鏡に映った自身の姿を見て、そっとため息をついた。

自分一人が場違いなみすぼらしい姿をしているからではない。鏡の中には別人かと見まがうばかりの立派な身なりの貴婦人が映っていた。

深みのある紺地のドレスの胸元や裾には小粒のダイヤモンドが無数に散りばめられており、シャンデリアの灯《あか》りを反射しては夜空に輝く星々のように煌めく。

オーガンジーの布地をたっぷりと使って膨らみをもたせたパフスリーブは、まるでおとぎ話に登場するプリンセスのドレスのよう。今まで着たことがあるどんなドレスよりも美しくまた豪華なものだった。恐らくかなり高価なものに違いない。

オペラ座へと足を運ぶ前、老執事にブティックとサロンへと連れられて身なりを整えたのだ。

だが、いくら素晴らしいドレスに身を包んで見た目はごまかせていたとしても、中身はどうすることもできない。

アンジュはかえって分不相応の格好に気後れしていた。

何もかもが煌《きら》びやかな世界に飛び込んでしまった身の程知らずな自分が、いつも以上にちっぽけな存在に思えてならない。

(やっぱり断っておけばよかった……)

幾度となく後悔するも、もはやどうすることもできない。

アンジュはドレスの裾を持ち上げて、せめて醜態は晒《さら》さないようにと注意しつつ幅広の階段を昇っていく。人々の視線が自分に集まるのを極力意識しないように努めながら。

緊張のせいで手の平が汗ばんでいる。

(レストランのステージで慣れたつもりだったけれど……やっぱりまだ無理……怖い)

全身が小刻みに震えだし、足がもつれてしまいそうになる。

だが、醜態を晒してしまえば余計衆目を集めてしまうことになる。

アンジュは眩暈《めまい》を覚えながらも紳士のハンカチを握りしめ、必死の思いで階段を一段一段昇っていった。

やがて、ようやく目指すボックス席がある二階へと辿《たど》りつくことができ、長く深い安堵《あんど》の吐息をつく。

しかし、一息つく間もなく客席案内係がすぐにやってきて丁重に挨拶を述べ終えると、アンジュたちを先導していく。

(……もうすぐ……あの方に会える……)

期待と不安とが胸の内で交錯し、心臓はさらなる早鐘を打ち始めていた。

ボックス席へと続く赤い扉が延々と並ぶ廊下を歩いていき――その突き当たりで案内係が足を止めた。

その扉にはボックス番号は記されておらず、ドアノブもなく鍵穴だけが開いている。

案内係がポケットから鍵の束を取り出して扉を開くと、アンジュを中へと促した。

（私……だけ？）

老執事を見ると、彼は「いってらっしゃいませ」とにこやかに会釈してきた。

どうやらここから先は自分一人らしい。

ということは、ボックス席にて紳士と二人きり――そう思い到るや否や、あまりにも妖しい予感に胸が激しく揺すぶられる。

果たしてこの扉の先に何が待ち受けているのだろうか？

緊張が最高潮まで高まり身が竦《すく》んでしまう。

（……大丈夫……何かあったとしても……周囲に助けを求めればいいだけ……ボックス席は何も密室というわけではないのだから……）

そう自分の胸に強く言い聞かせると、アンジュはぎこちない足取りではあるものの、ボックス席へと続く扉から中へと入っていった。

中には小さなスペースが設けられており、その先にさらに二つの扉があり、それぞれに三と五の数字が刻まれたプレートがかけられている。

アンジュは五番のプレートがかけられたほうの扉を開くとさらに中へと歩を進めた。

そこは小さな小部屋になっていた。

猫足の二人掛けのソファとサイドテーブル、ランプだけが置かれた部屋で、どうやらクローク代わりに使われているようだ。

壁のフックにかけられた山高帽と漆黒のマントを目にした瞬間、アンジュの頬は薔薇色に染まる。

(これは……あの方の……この先に……いらっしゃるのね……)

小部屋とボックス席を隔てるカーテンの仕切りへと熱いまなざしを注ぐ。

アンジュは胸を高鳴らせながら、緊張の面持ちで座席へと向かった。

ж　ж　ж

果たして、臙脂色《えんじいろ》のカーテンの仕切りの向こう側には、二つの椅子が置かれており――その一つに仮面の紳士が腰掛けていた。

彼の姿を目にするや否や、アンジュはカーテンをぎゅっと握りしめ、金縛りにでもあったかのようにその場から動けなくなってしまう。

「座りたまえ――もうじき舞台の幕があがる」

紳士は舞台上に視線を注いだまま、アンジュへとそう告げた。

「……は、はい。し……失礼します……」

アンジュは緊張のあまり上ずった声で答えると、ぎこちない動きで空いているほうの椅子へと腰かける。

「………」

紳士はワイングラスを回しながら、何やらもの思いに耽《ふけ》っているようだった。そのまなざしは舞台に注がれているようで宙をたゆたっているようにも見える。

なぜかその姿がむしょうに物悲しく見えて――思わずアンジュは食い入るように見つめてしまう。

すると、その視線を感じたのか、ようやく紳士は彼女のほうを見た。

落ち着き払った態度は、ほんの少しのことでも揺れ動いてしまう少女のものとは異なり、大人の余裕に満ちている。

再会を喜んでいる様子でもなく、またドレスを褒めるわけでもなく――彼は淡々とした口調で「君も何か飲むかね？」と尋ねてきただけだった。

ほんの少しだけそれを残念に思う自分に戸惑いながらも、アンジュは彼に答えた。

「……いえ、お酒は……そのあまり得意ではないので……結構です」

「ほう――」

アンジュの言葉を耳にした紳士は仮面越しに目を眇《すが》める。

危険な光を帯びた獣のようなまなざしに射抜かれたアンジュの息は乱れてしまう。

（どうして……ただ見つめられただけなのに……）

妖しい予感が凄《すさ》まじい勢いで渦巻いていた。

アンジュは切なげな表情で、彼の視線から逃れるように目を伏せて俯《うつむ》いた。

すると、紳士は彼女の長い髪を掻《か》きあげてその耳へと囁《ささや》く。

「――そういうことはあまり安易に明かさないほうがいい。自ら弱みを曝《さら》け出すなど、誘っていると受け取られかねない」

「っ⁉」

低音を響かせる紳士の魅惑的な声に酔い知れそうになるが、思いがけない指摘を受けるのは納得いかないとばかりにアンジュはムキになって反論にかかる。

「ち、違い……ます！　そんなつもりでは……」

「違うのかね？　それは残念だ」

「……っ⁉」

思わせぶりな言葉に心臓が鋭く跳ねた。

（ざ……残念って……）

特に他意はないに違いないと思うのに胸の高鳴りは加速していくばかりで、アンジュは視線を彷徨《さまよ》わせながら唇を噛みしめる。

そんな彼女を見つめる紳士のまなざしはどこか愉《たの》しげだった。

それに気づいたアンジュは眉を顰《ひそ》めて自身を窘《たしな》める。

（……ただ単にからかわれているだけなんだから……いちいち反応しては駄目……きっとお姉

ちゃんと同じ……余計面白がられてしまうだけだもの）

頭ではそう分かってはいても、紳士の言葉にこうもたやすく翻弄されてしまう自分が悔しい。

彼は姉同様、否、それ以上に手ごわい相手のように思えてならない。

アンジュは紳士を上目使いで睨《にら》むも、彼はそんなことなどまったく気にしていない様子で公演プログラムを差し出してきた。

「本日の公演は『オペラ座の亡霊《ゴースト》』だ」

「——っ⁉」

『オペラ座の亡霊』は、わけあって表舞台から姿を消した天才作曲家とヒロインとの愛憎劇を描いたもの。

作曲家はハイン・ネグリオール、歌姫はローザ・リンド——それは、パリシア一の人気を誇る作曲家と歌姫による十年近くにもわたる長期公演であり、いまだにその人気が衰えることはなく、チケットを入手するのは至難の業とされる。

アンジュはアピシウスで見かけたハインの姿を思い出しながら、夢見心地で紳士へと礼を述べた。

「ありがとう……ございます。夢みたいです……一度鑑賞したいと思っていたんです」

「それは良かった。だが、君の期待に応えるものかどうかまでは保証しかねる」

「え？」

紳士の声色に敵意が混ざったような気がして、アンジュは眉根をよせた。

（パリシア一の人気公演なのに？　なぜそんなことをおっしゃるのかしら……）

「じきに分かる——君が『本物』ならば」

謎めいた台詞《せりふ》を紳士が口にしたちょうどそのときだった。

ステージを覆っていた臙脂色の幕があがっていき、オペラ座のホールは割れんばかりの拍手に包み込まれる。

（すご……い……）

ホールに集まった数百人分もの熱狂が、空気を揺るがす万雷の拍手によって伝わってきて鳥肌がたつ。

それは小さなレストランの比ではなかった。

アンジュは拍手をするのも忘れて、ぶるりと武者震いする。

（これがオペラ座……お母さんがいつかはと夢見ていた舞台……）

心臓が絞られるような感覚がして胸を押さえた。切なさと興奮と畏怖とが複雑に混ざり合って押し寄せてくる。

やがて、だんだんと拍手が静まっていき、それを見計らってオペラの前奏が始まる。

アンジュは胸の前できつく手を組むと、食い入るように舞台を見つめる。

やがて、オペラ座のバルコニーを再現した舞台の中央にスポットライトがあたり、薄暗がりの中、歌姫の姿が浮かび上がった。

ローザ・リンドは、目鼻立ちがくっきりとした美女で、燃えるような赤茶の髪を高い位置で束ねて毛先を緩く巻いている。そのはしばみ色の目は強い光を宿し、勝気な表情にはパリシア一の歌姫としての自信が漲《みなぎ》っていた。

ただそこに立っているだけなのに、凛《りん》とした気迫が伝わってくる。人目を集めずにはいられないカリスマめいたものを感じて、アンジュは息を呑んだ。

ポスターなどでは幾度となく見かけていたものの、やはり本物は違う。

ローザは胸の前で手を組んで毅然《きぜん》と空を仰いだかと思うと、朗々とした声でアリアを歌い始めた。

（……こんなにも力強く澄んだ声……初めて……）

胸の奥から熱いものがこみ上げてきて、アンジュは感嘆のため息をつく。

（こんなすごい舞台の上でも……まったく臆することなく、あんなにも自由に堂々と歌えるなんて……）

羨望のまなざしを向けるも、心の奥深くに黒い感情が混ざり顔を顰める。

（……パリシア一の歌姫に嫉妬だなんて……おこがましい……）

敵《かな》うはずもない相手に分不相応な感情を抱くなんて――と自己嫌悪に駆られる。

だが、そう分かってはいても仄暗《ほのぐら》い感情を払いのけることができない。

いつかは自分もと願いながらも、まだまだ遠く見果てぬ夢をすでに叶《かな》えているローザを羨んでしまう。

と、そのときだった。

「――君もあの場所に立ってみたいとは思わないかね？」

「っ⁉」

まるで心の内を見透かされたかのようなことを耳元に囁かれてぎくりとする。

見れば、黒水晶を思わせる紳士の瞳は、アンジュのすぐ傍で今や恐ろしい光を帯びてぎらついていた。

見てはならないものを見てしまった気がして、アンジュは咄嗟《とっさ》に目を逸らしてしまう。

「……そんなこと……まだとても……今の私の実力では……」

「限界は自分で決めてしまうものではない。私は君を高く買っているのだよ」

紳士の言葉が熱された杭《くい》となって胸の奥を深々と穿《うが》つ。

「っ⁉　仰《おっしゃ》ることが……よく……」

「君こそがあそこに立つに相応《ふさわ》しい歌姫だと言っているのだよ」

「――っ⁉」

（私が……オペラ座の舞台に相応しい？）

聞き間違いかと思って、アンジュは再び彼の目を見た。

どこまでも真剣な彼のまなざしに気圧される。

（まさかそんなこと……本気で仰っているの⁉）

冗談かお世辞の類に違いない。真に受けることはない。そう自身の胸に言い聞かせてはみるものの、彼の言葉を信じたいというもう一人の自分を無視できない。

「――確かに彼女の歌声は情熱的で人の心を打つものがある。しかし、彼女では駄目だ。あの曲を歌うことはできない」

（あの曲？）

紳士を取り巻く空気が、よりいっそう禍々《まがまが》しいものへと転じていき、アンジュは気が気ではない。彼の言葉一つひとつに怨念めいたものを感じずにはいられない。

今、仮面の下の彼はどんな表情をしているのだろう。想像するだけで血が凍る。

「すなわち、彼女は『紛《まが》い物《もの》』――私の耳は欺けない。だが、多くの人々は簡単に欺かれてしまった。嘆かわしいことだ。彼女もこのオペラも『紛い物』だというのに」

忌々しげな口調で言うと、紳士はアンジュへと流し目をくれるとこう続けた。

「『紛い物』をありがたがる人々に『本物』を知らしめたい。そうは思わないかね？」

「……っ!?」

不穏な響きを持つ誘いの言葉を耳にした瞬間、心臓がぎしりと軋《きし》む。

それは何かとてつもなく恐ろしい取引のような気がして、恐ろしさのあまりに身体が竦んでしまう。

アンジュはまばたきはおろか身動き一つできない。

この紳士はただものではない。しかも危険すぎる――自分の手に負える相手ではない。

（やっぱりこのお誘いは罠だったんだわ……どうにかして逃げださないと……）

あまりにもくるおしい動悸《どうき》に襲われて、アンジュは息をするのもやっとという状況に陥っていた。

足下から震えが這《は》い上《あ》がってきて全身へと拡《ひろ》がっていく。

慄《おのの》くアンジュへと紳士はさらに驚くべきことを告げた。

「実は、『オペラ座の亡霊』は未完のまま発表された『紛い物』であって、最終幕が欠けているのだよ」

「っ⁉」

（……どうしてそんなことが⁉）

アンジュの胸の内を見透かしたように、彼は言葉を続ける。

「なぜなら、完成する前に盗まれたものだからだ」

「……盗まれ……た？」

「ああ、そうだ。『紛い物』の正体を暴き、『本物』を世に知らしめること。これは罪人たちへの復讐《ふくしゅう》なのだよ」

（……復讐だなんて）

あまりにも恐ろしい言葉と秘密とに、アンジュは生きた心地がしない。

と、そのときだった。

紳士がアンジュを優しく抱きしめてきた。

「──怖がらせてしまったかね？」

「…………」

先ほどとは打って変わって包容力に満ちた暖かな囁きがアンジュを慰める。

血も凍るような恐怖を味わった直後だけあって縋《すが》りたくなってしまう。

アンジュは、気がつけば彼の胸に顔を埋めていた。

(暖かい……)

深いため息をつくと、あまりの心地よさに目を細める。

こんなにも穏やかな気持ちになれたのは久々、否、もしかしたら初めてかもしれない。

葉巻の香ばしくかぐわしい香と彼が身に着けている香水、彼自身のフェロモンとが混ざり合ってアンジュを妖しく酔わせていく。

紳士は彼女の髪に顔を埋めると、深いため息交じりに呟《つぶや》いた。

「私にしか……歌えない曲？」

「ずっと君を探していた。私の天使——君にしか歌えない曲がある」

「ああ、『オペラ座の亡霊』の最終幕のアリアだ。とても難しい曲なのだよ。だが、君ならばきっと歌うことができるに違いない。永遠に闇に葬り去られるはずだったあの曲を——」

彼がいかにその曲に思い入れがあるかが伝わってきて、アンジュの胸はざわめく。

(……どんな曲なのかしら……知りたい……)

もしそれを歌うことができたなら——どんなにか勇気づけられることだろう。大勢の前で歌うことができないトラウマも克服できるかもしれない。

紳士の言葉は甘美な媚薬《びやく》のように沁《し》みてくる。危険だと分かっているのに抗うことができない。どうしようもなく魅了されてしまう。

（でも、そのアリアを歌うということは……彼の復讐に協力することになる……）

果たしてそんな恐ろしいことが自分にできるだろうか⁉

返事を躊躇《ためら》うアンジュの耳元に、紳士が再び囁きかけてきた。

「ミス・アンジュ、結論を急がずともいい。だが、私のオーディションだけでも受けてみる気はないかね？」

「っ⁉」

どこまでも意表を突いてくる紳士にアンジュは翻弄される。

今までに数えきれないほど多くのオーディションを受けてきたが、トラウマによるあがり症が災いして落ち続けてきた。度重なる失敗に何度心折られてきたかしれない。

実のところ、アピシウスに歌姫として雇われなければ――もういい加減、夢は諦めるべきかもしれない。そこまで思いつめていた。

瀬戸際でつながった望みの先にまさかこんな未知の可能性を秘めた扉が現れるなんて。

結論を急がずともいいという言葉に背を押され、惹《ひ》かれずにはいられない。

しかし、やはり彼の言葉にはどこか素直に頷くことができない危険な響きがある。

アンジュは彼を警戒しながらも詳細を尋ねた。

「……オーディションだけなら。ただし、それは、いつ……どこで……行われるものでしょうか？　内容もできれば教えていただければ。課題曲などあるようでしたら……事前に練習しておきたいですし……」

「今ここでだ。君の『天使の歌声』の限界を確かめさせてもらいたい」

「っ⁉ そん……な……いきなりは無理です。何の準備もできていないのに……」

「準備などいらない。むしろ邪魔だ」

「…………」

前代未聞のオーディションにアンジュは自身の耳を疑い言葉を失う。

すると、紳士は彼女の頬に手をあてると、親指でつっと唇をなぞった。

「ンっ⁉」

甘やかなくすぐったさに思わずビクッと反応してしまうアンジュを目にするや否や、彼の双眸《そうぼう》はよく研がれた刃物のような鋭い光を宿す。

「『天使の歌声』は、君が何物にも囚われていない時にしか解き放たれない。私の言っていることが分かるかね？」

紳士は花びらのような唇を親指でくすぐりながら、その渋い声に抑揚をつけて彼女へと尋ねかけてきた。

「……ン、う……ぅ……」

謎めいた台詞の意味を考えようとするも、アンジュの唇に滲《にじ》んでくる甘い感覚がそれを妨げてくる。

ただ指で唇をくすぐられているだけなのに――

獲物を狙う狩人《かりゅうど》のような彼のまなざしに射抜かれながらだと、妙に妖しい気持ちが身体の奥底から湧き上がってくる。それは淫らな行いを予感させるものだった。

アンジュは彼の指から逃れるべく、咄嗟に顔を背けて彼に背を向ける。

舞台上では、ローザが両手を広げて陶然とした面持ちでアリアのクライマックスに向けてのくだりを歌っていた。

心臓が早鐘を打っているせいか、先ほどよりも彼女の歌声が耳に入ってこない。

アンジュは両手をきつく握りしめたまま、背後の紳士の様子を窺っていた。

すると、そのときだった。

不意に背後から強く抱《だ》き竦《すく》められてしまう。

「っ⁉」

驚きのあまり、頭の中が真っ白になる。

「君の歌声を邪魔しているものを打ち負かし、解き放つ必要があるのだよ」

耳元に低い声で囁かれた途端、頬が熱く燃え上がる。

（……それって……どういう意味？）

尋ねてみたいとは思うのに――それを妨げる得体の知れないものが、紳士と自分とを隔てていた。

彼の重々しい口調は先ほど以上に危険な響きを帯びていて、アンジュは戦慄する。

しかし、その一方で、彼の誘惑は抗いがたいものがあった。

（もし、本当に自由に歌えることができるようになったなら……夢を諦めずに済むかもしれない……もう一度……挑戦できるかもしれない……）

ずっと夢を叶えるためだけに奔走してきたからこそ、もしもそれを諦めずに済む可能性があるならばそれが例えどんなリスクを伴うものであってもしがみつきたい。そう思う。

復讐という恐ろしい言葉が脳裏をよぎりはするが、紳士の誘いにどうしようもなく惹かれてしまう。

「君が望むならば、私が叶えてあげよう――」

「…………」

心臓が早鐘を打ち、アンジュを追い詰めていく。

彼の誘いに応じるか否か、激しく迷う。強い葛藤がアンジュを苛《さいな》む。

息をすることすら躊躇《ためら》われるほど、異様なまでの緊張が場を支配していた。

（……例えこれが恐ろしい罠だとしても……夢を叶えることができる可能性があるならば賭けてみたい。やっぱりまだ諦めたくない……お母さんとお姉ちゃんのためにも……）

いつの間にかオペラ歌手になるという夢は自分一人だけのものではなくなっていた。

そう気付いたアンジュはついに迷いを吹っ切ると、紳士のまなざしを真っ向から受け止めて頷《うなず》いてみせる。

「……お願いします。昔みたいに自由に歌えるようになりたいです……」

「いいだろう。では、そのためにはどんな犠牲をもいとわないかね？」

「はい――」

危険な予感から無理やり目を背けて覚悟を固める。

「では、ここに座りたまえ――」

「え？」

（膝の……上に？）

一瞬、何を言われたか分からなかったが、少し遅れてようやく理解が追いつく。

眉を顰めてその真意を目で問いかけるも、仮面の紳士は不敵な微笑《ほほえ》みを浮かべたまま、沈黙を守っている。

一体何のために？　と思いながらも、アンジュは言われたとおりにおずおずと彼の膝へと腰かけた。

（子供ではないのに……お膝の上だなんて……どうして……）

不思議で仕方がないが、じきに彼の意図するところを身を以《もっ》て知ることとなる。

「――いい子だ」

艶のある男らしい低い声で囁かれた瞬間、血が沸騰して全身を駆け巡る。ただ耳元で囁かれただけだというのに。アンジュの目はまるで魅了の魔法でもかけられてしまったかのように蕩《とろ》けてしまう。

（この声は……駄目……変な気持ちになって……）

おそらく元々音には敏感な体質なせいもあるのだろう。

アンジュは切ない表情で唇を噛みしめ、淫らに弾んでしまう息を必死に我慢する。

だが、そんな精一杯の努力を嘲笑《あざわら》うかのように、紳士は彼女の耳穴へと熱い息を吹き込み、その耳たぶへと軽く歯をたててきたのだ。

「ンっ⁉　ンン……ぅ！」

不意を衝《つ》かれたアンジュはビクンッと身体を痙攣《けいれん》させながら甘い声を洩らしてしまい、慌てて両手で口を塞ぐ。

（ど、どうして……こんな声が……）

思いもよらなかった自身の敏感な反応に驚きを隠せない。

しかも舞台の上ではオペラが上演されているというのに――

「ま、待って……くだ、さい……どう、してこんな……こと……あ、い、いや……」

紳士の膝の上でもがくも、彼は慣れた手つきで彼女のドレスの胸元へと両手を差し入れていた。

そして、ドレスの中から柔らかな乳房を掬《すく》いだすようにして露出させたのだ。

「つきゃ⁉」

暗がりの中、弾みながらまろび出てくる乳房をアンジュは両手で覆い隠そうとする。

だが、紳士はそれを許さない。

彼女の両手首を重ねた状態で片手で掴《つか》み、その場へと彼女もろとも立ち上がる。

もう片方の手で彼女の背中を押さえ、前かがみの状態で腰を後ろへと突き出すような格好をさせつつ、腕を後ろへと引っ張ってひねりあげた。

そして、自らのアスコットタイを外し、それを縄代わりに使って彼女の手をきつく縛り上げたのだ。

「っ⁉　ン……う……っくぅ……ほ、解《ほど》いて……い、いやぁ……」

アンジュは自由を奪われた両手に力をいれて縛《いまし》めを解こうとするもびくともしない。

むしろ、身を捩《よじ》るたびに柔らかな膨らみが男を誘うような悩ましい動きを見せ、それが彼女の羞恥心を燃え上がらせる。

紳士は必死に抵抗する彼女を膝上に載せたまま、愉《たの》し気《げ》な笑みを浮かべてシガレットケースの中から葉巻を取り出すと鋏《はさみ》をいれた。

そして、葉巻に火をつけると煙をくゆらせて味わう。

(人にこんなひどいことをしておきながら……一体何を考えているの⁉)

怒りと羞恥のあまり頭に血が上り、アンジュは髪を振り乱して全力で抵抗する。

しかし、どれだけ抵抗しても、よれて紐状《ひもじょう》になったアスコットタイが手首にきつく食い込むだけ。

苦しげに顔を歪《ゆが》めて抵抗するアンジュの様子を眺めている紳士の表情には、恐ろしいほどの嗜虐《しぎゃく》心が滲み出ていた。

「っく……うぅ……はぁはぁ……」

やがて、アンジュは観念してうなだれてしまう。どれだけ抵抗しても、彼の縛めを解くことはできそうにもない。

苦しそうな息を繰り返す彼女を一瞥《いちべつ》すると、紳士は意地悪な微笑みを浮かべる。

「もう抵抗はおしまいかね？」

「――っ⁉」

揶揄《やゆ》するような言葉にアンジュは目を吊り上げる。

「こんなことをなさるだなんて……聞いていません……ひどすぎます……」

「ひどい？　私の目には君が本気で嫌がっているようには見えないのだが？」

「っ⁉」

「むしろもっと苛《いじ》めてほしそうに見えるのだが、違ったかね？」

紳士は歌うような口調でそう言うと、彼女の背後から覆《おお》いかぶさるようにして剥《む》き出《だ》しになった乳房の片側をおもむろに鷲掴《わしづか》みにした。

「いっ……つっ⁉」

痛みに顔を歪めるアンジュ。

その表情を間近で堪能しながら、柔らかな胸をゆっくりと揉《も》みしだく。

「ン……あぁ……はぁはぁ……や、ン……」

恐ろしく屈辱的なことをされているにも関わらず、アンジュの唇からは悩ましい声が洩《も》れ出《で》てきてしまう。

（嘘《うそ》よ……こんなの……ありえな……い。嫌なのに……ど、う……して……）

淫らな声を堪えようとして、口を真一文字に引き結ぶ。

しかし、紳士の指が胸の頂をきゅっとつねりあげてきた瞬間、甘い愉悦が脳天へと駆け抜けていき、「ンンンッ⁉」と鋭く呻《うめ》いてしまう。

「――いいのかね？　静かにしていないと周囲に気づかれてしまう」

（誰のせいだと……思って……）

アンジュは反抗心を燃え上がらせて、肩越しに紳士をきつく睨みつけた。

だが、その反応が余計に彼の本能を煽ってしまう。

「いい目だ――そんな目もできるとは。だが、私のような人間にはかえって逆効果だ。完膚なきまでに屈服させたくなる」

熱いため息をついたかと思うと、紳士は両手で彼女の胸を本格的に嬲《なぶ》り始めた。

乳房の根元を掴み、胸全体を絞り出すようにきつめに揉みしだきながら、両方の乳首を指で捏《こ》ね回《まわ》していく。

「ンッ！　あ、あぁ……や、あぁ……」

敏感な先端が熱を帯び、痛みと快感とが複雑に入り混じり、アンジュの性感を巧みに引き出していく。

（な、何……どう、して、こんなに……変な感じになるの⁉）

こういった類の知識はなきに等しいアンジュは激しく混乱していた。

身体の芯が熱く疼《うず》き、奥のほうから何かが溢《あふ》れ出《で》てくる。もしかしたら急に月のものが来て

しまったのかと不安になる。

「可愛らしい声だ。しかし、まだ足りない。もっともっといい声を聞かせたまえ」

アンジュの喘《あえ》ぎ声に耳を傾けながら、紳士は彼女の耳元で囁き、耳の内側の凹凸《おうとつ》に合わせて舌を這《は》わせていく。

「あぁっ……や、やめ……ン……んぁ……」

男の艶を帯びた声で囁かれながら、同時に胸をいやらしく苛められ、アンジュは眉をハの字にしてくるおしげに身悶《みもだ》える。

（……こんなの……駄目……周りに気づかれてしまう……）

折しも、ローザのアリアはクライマックスへと突入していて、多少声を出したくらいでは誰にも気づかれないだろう。

しかし、曲と曲とのつなぎ目など、辺りがしんと静まり返ったときに声を出してしまえば一巻の終わりだ。

周囲を気にすることなく、悦楽に身を委ねることができればどんなにいいか——そう思ってしまうほど紳士の指は執拗《しつよう》なまでにアンジュを責めたてていた。

ツンと勃《た》起ったしこりを指先でつついたかと思えば、不意に力いっぱいつねりあげてくる。

緩急をつけた愛撫《あいぶ》にアンジュは息も絶え絶えになってしまう。

「あぁ……も、もう……駄目……あ、あ、あぁああ！」

アンジュが悲鳴じみたイキ声をあげると同時に、トランペットが高らかな音でファンファーレを奏でた。

間一髪のところで難を逃れることができたアンジュの膝は大げさなほど震えだし、その場に崩れ落ちてしまいそうになる。

「だいぶよくなってきたようだな」

「そんっな……違います……よくなってるなんて嘘……やめてくだ、さい……」

「口ではどうとでも取り繕える。だが、私の目はごまかせない――」

紳士はそう言うと、アンジュのドレスの裾をたくしあげていく。

「――っ⁉　やっ！　やめて……な、何を……」

「怯《おび》えずともいい。君の主張が正しいか私の主張が正しいか確かめるだけだ」

形のいいヒップが露わになり、その丸みを包み込む薄布を紳士の手が剥《は》いでいく。

「あっ、いや、あ……」

アンジュは彼の手から逃れようと腰を左右に揺らす。

だが、かえってそれはさらなる愛撫をねだるかのような動きにしかならず、よりいっそうアンジュを恥じ入らせるだけだった。

（駄目……あぁ、そこ……は……）

紳士がしようとしていることにようやく気がついたアンジュは必死の形相で彼へと赦《ゆる》しを請う。

「ああっ……お願い、です。これ以上はとても……赦してくだ……さい」

「何を赦すというのかね？」

「それ……は、その……」

どうか秘密の場所を暴くことだけは止めてほしい。もうすでにそこはしとどに濡れているのだから。誰にもそんなこと知られたくない。

だが、それをそのまま伝えることなんてできるはずもなくて、遠回しに訴えた。

「こんなところで……いけま……せん……人の目がある……のに……」

「君はそのほうが良さそうだが？」

「……違い……ます……」

失礼極まりない憶測を否定するアンジュだが、強い語気で言いきることはできない。

その理由を紳士の鋭い険しいまなざしはすでに見抜いているようだった。

「……死ぬほど……恥ずかしくて……嫌です。こんなこと……」

「安心したまえ。じきにそんなことは気にしていられなくなる」

紳士がショーツをずり下げ、その下に息づく秘密をついに暴いてしまう。

「――っ⁉　い、いやぁあ……」

アンジュは小さな悲鳴をあげると、最後の力を振り絞って必死にもがいた。

しかし、紳士は彼女の肩甲骨の間を強く押さえて、腰を突き出したままの姿勢を彼女に強いたまま自身の予想が正しかったことを悟る。

「もう――こんなにも濡らしていては下着は意味を成さない」

蜜に濡れたショーツを紳士の指が引き裂く音が、アンジュの目覚めつつある被虐心へと火を灯《とも》す。

（あぁ、駄目……ま、また……）

下腹部に力を込めて愛蜜がこれ以上溢れ出てきてしまうのをとどめようとするも無駄だった。新たな愛液が内腿《うちもも》を幾筋も伝わり落ちていく。

甘酸っぱい雌《めす》の香りに紳士は口元を綻ばせた。

「もう準備は整っているようで何よりだ」

意地悪な口調で彼女に囁くと、小刻みに震えるヒップを撫でまわし、それから中指を濡れそぼつ秘所へとゆっくりと挿《い》入れていく。

「ンっ⁉　ン、ン、ン、ン……⁉」

アンジュはくぐもった声で呻きながら、背筋を弓なりにして全身をわななかせた。

ひんやりとした硬いものが、身体の中央を穿っていく感覚に慄《おの》きながら。

（な、何……が……中に……入って……）

「や、やめっ……うっ、い、痛……ン……ンンン……な、何を……⁉」

「心配しなくともよい。指を一本挿入れただけだ」

紳士は混乱するアンジュの頭を優しく撫でながら諭すように言った。

（ゆ、指をっ⁉　ど……して……こんなとこ、ろに……）

ピアノの鍵盤の上を華麗に躍《おど》っていた彼のしなやかな指を思い出し、それが自分の恥ずかしいところに潜りこんでいるのだと考えるだけで正気を失ってしまいそうだ。

紳士の仕掛けてくる行為の全てが、こういった類の知識には疎いアンジュの心を激しく掻《か》き乱《みだ》していた。

「ひどくはしない――安心して身を委ねたまえ」

やがて、紳士はゆるゆると指を前後へと動かし始めた。

「っひ⁉　あ、あ、あぁあ」

アンジュは恐ろしい感覚に切羽詰まった声を洩らさずにはいられない。

ただでさえ狭い箇所を指で押し広げられ、息もつけないほどの衝撃を受けていたというのに、まだまだそれは彼の罠のほんの序の口だったのだと思い知り血の気が引く。

「や……あ、やめ……あぁ、やめ……て……ン……怖、い……ン、あぁ」

淫らな抽送に合わせて、甘い響きを帯びた声が唇から零《こぼ》れ出てきてしまう。

中止を願うにもかかわらず、むしろ彼の指の動きは大胆なものへと転じていく。

紳士は手首を捻《ひね》るようにして、狭い姫壺をねっとりと中指で攪拌《かくはん》した。ぐちゅぐちゅという淫らな音はアンジュの耳にも届いていた。

「あぁ、音……や、ぁあぁ……」

「男を虜《とりこ》にする素晴らしいハーモニーだ――もっと淫らに歌いたまえ」

耳元に熱い息と共に囁かれる紳士の低い声にも獰猛《どうもう》な響きが混ざっている。

それに気づいたアンジュはよりいっそう彼の全てを感じてしまう。

（あぁあ……声が……指が……私をくるわせる……）

ぎりぎりのところまで愉悦の弓が引き絞られ、矢が解き放たれるのは、もはや時間の問題だった。

絶頂と同時に悲鳴をあげてしまえばどうなるか？

想像するだけで総毛立つ。

（いつかはオペラ座で歌いたいと思っていたけれど……こんな方法じゃない……このままだと醜態を晒《さら》してしまうことに……きっとパリシアにもいられなくなる……）

夢を叶えるどころの話ではなくなる。そう思いつめたアンジュは今にも泣き出しそうな表情で紳士へと懇願した。

「も、もう……限界、です……お、お願いです……から……やめて、ください。こ、こんなところでだなんて……あんまり……すぎ、ます……」

「人目がそんなにも気になるかね？」

いったん紳士は指を止めると、彼女のこめかみへと口づけた。

「……当たり前です……こんなところ、誰かに見られでもしたら……パリシアにいられなくなってしまうのに……」

「――少し苛めすぎてしまったかね？」

紳士の優しい言葉にアンジュは甘えてしまいたくなる。その言葉とは裏腹に彼の指はいまだに肉壺へと挿入《い》れられたままだというのに。

「君はこういった行為はどうやら初めてのようだな。これでも優しくしているつもりなのだが――加減が難しい」

（これで加減しているつもりだなんて……）

アンジュは紳士の言葉に愕然《がくぜん》とする。

手加減されていなければ、とっくに壊されていたかもしれない。

外見や立ち居振る舞いは非の付け所のない紳士だが、どうやら獰猛かつ嗜虐《しぎゃく》的な性格をしているようだ。

アンジュの胸は妖しく締め付けられる。

「私としてはカーテン越しのあちらの部屋で続けても構わないのだが、恐らく君が困ることになる――人目がある以上、まだこの程度で済んでいるのだよ」

「……っ⁉」

さらなる恐ろしい事実を告げられて、アンジュは言葉を失った。

（今でも……死ぬほど恥ずかしいことをされているのに……これ以上だなんて……）

ドレスを引き裂かれ、無理やり全てを奪われてしまいかねない。

思わずそんな想像が頭を駆け巡った瞬間、全身へと淫らな衝動が駆け抜け、アンジュは声ならぬ声をあげてぶるりと身震いした。

「今、何を想像したのかね？」

「何も……」

「それにしては明らかに強く私の指を締め付けてきたようだが？」

「っ⁉」

恥ずかしい反応を指摘され、アンジュは耳まで真っ赤になって口ごもる。

しかし、恥ずかしいと思えば思うほど、無意識のうちに下腹部の奥がきゅんっと疼いて彼の指を強く締め付けてしまう。

（ああ、嫌……こんな反応……したくないのに……）

「ほら、まただ。私の指を物欲しげに食《は》んでくる。何をそんなに欲しがっているのだろうな。いけないお嬢さんだ」

「っち、違い……ます……そんな……こと……は……」

白々しい言い訳だと分かっているからこそ声も上ずってしまう。

（いや……こんなにはしたない反応。一体どうして……初めて……なのに……）

紳士の言葉や指、声の全てに初々しく応じてしまう自身の身体が恨めしい。

「どれだけ取り繕おうとも私の目だけはごまかせない。いずれいやというほど身体に覚え込ませてあげよう」

そう告げると、紳士はいよいよ本格的にアンジュを責めるべく、鉤《かぎ》状に曲げた指で彼女の腹部側のざらついた壁を力任せに抉《えぐ》った。

「っ⁉」

声ならぬ声をあげて、アンジュは大きく目を見開き顎と喉元を反らした。

身体を弛緩《しかん》する間もなく、次の鋭い一撃が最奥へと穿たれる。

「っひ、あ……あ、ぅ……あぁぁああ……」

自重をかけたがむしゃらなピストンに合わせて、喉奥から引き攣《つ》れた悲鳴が洩れる。

紳士は心地よさそうに目を細めて、見た目からは想像もつかない情熱的な責めでアンジュを奏でていく。

淫らなハーモニーがクライマックスにむけて激しさを増していく。

（あ、あぁあ……も、もう……だ、駄目……ぇ……）

「――さあ、解き放ちたまえ」

紳士が鋭い語気で命令すると同時に、力の限りアンジュの最奥を抉った。

刹那、アンジュの目の前が真っ赤に染まる。

「っ!?　あぁあああああぁぁあああああっ！」

深いエクスタシーが理性を粉々に打ち砕く。

刹那、アンジュは声の限りに叫んでいた。

凄まじい絶頂の波に意識が攫《さら》われる。

（あ、あぁ……もう……終わり、だわ……何も……かも……）

絶望と悦楽とに彩られた凄絶な表情から力が失われていく。

今までに感じたことのない解放感と歓喜とが身体のすみずみにまで満ちていた。

アンジュは興奮の余韻に身体を小刻みに震わせながらがくりとうなだれ、ホールに面した手すりにすがりながらその場へと崩れ落ちていった。

ж ж ж

「――やはり、君ならばあのアリアを歌うことができる」

紳士は満ち足りた表情を浮かべ、気を失ってしまったアンジュを横抱きにした状態で椅子に腰かけていた。

彼女の頭をいとおしげに撫でながら囁きかけている。気絶した彼女の耳に届いていないとは知りながらも――

だが、そんな彼の余裕に満ちた様子とは裏腹にオペラ座のホールは騒然としていた。

アリアを歌いあげていたローザが、舞台上で突如気を失って倒れてしまったからだ。

急遽《きゅうきょ》、代役がローザの代わりを務めようとしたが、騒ぎが収まる気配は一向になく、とてもでないがこれ以上オペラを続けることはできそうにない。

観客たちは、皆不安そうに顔を見合わせながらざわめいていた。

一様に『亡霊のせい』だと口にしながら。

それも無理はない。

第一幕のアリアを歌いあげていたローザが一番の盛り上がりに差し掛かった瞬間、突如何か恐ろしいものでも見たかのように目をカッと見開いたかと思うと、半狂乱になって取り乱し、

「今の悲鳴！　本物の亡霊だわ！　これは呪いよっ！　ついに私を殺しにきたんだわっ！」と叫んだ末に昏倒《こんとう》したのだから。

その尋常ならぬ様子は遠目にも明らかで。

亡霊などというにわかには信じ難《がた》いものの存在すら、人々に信じ込ませるに足る説得力があった。

そんな混沌《こんとん》の最中、まったくの動揺も見せずに不敵な微笑みを浮かべて舞台を見守っているのは仮面の紳士ただ一人だった。

それもそのはず——彼だけが亡霊の正体を知っていたのだから。

ж　ж　ж

葉巻の香ばしい香り——男性らしい香りと香水が入り混じり、アンジュの意識を優しく呼び覚ましていく。

内容までは分からないが、低い声が鼓膜を通して身体の芯へと沁みていく。

アンジュは今まで感じたことのない解放感と充足感とをじっくりと味わいながら目覚めていった。

「……ン」

「アンジュ、気がついたかね？」

「…………」

耳元で甘く囁かれ、くすぐったくて肩を竦めて笑みをこぼす。

だが、その声の主が誰であるか気づいた瞬間、ハッと我に返る。

(わ、私……何か……とんでもないことをされて……)

思うように頭がはたらかないが、だんだんと意識を失う直前の記憶が蘇っていく。

オペラ座のボックス席で二人きり。想像だにしなかったひどく淫らなオーディションを受けて――

「っ⁉」

信じ難い行いをされ、恥ずかしい声を解き放ってしまった。

しかも、いつかは自分も――と憧れていたオペラ座で。

あまりにも苛烈な責めに声量を加減することすらできなかった。さすがにあの悲鳴は、オーケストラの演奏があったとしてもごまかしきれなかったに違いない。

(私ったら……なんて恐ろしいことを……)

そう思うと同時に、紳士の巧みな指使いの感覚が生々しいまでに蘇《よみがえ》り、下腹部が甘く疼き心臓が跳ねあがった。

(どうしよう……あんな恥ずかしい声で叫んでしまうなんて……)

罪悪感と羞恥心とが燃え上がり、頬を焙《あぶ》り朱に染め上げる。

まともに紳士の顔を見ることができるはずもなく、アンジュは顔を両手で覆って身を縮ませた。もう何もかもがおしまいだと絶望しながら。

しかし、そんな彼女へと紳士は驚くべきことを告げたのだ。

「合格だ——私の城に来たまえ。私が君の『天使の歌声』を解き放ち、唯一無二のオペラ歌手にしてみせよう」

「……え？」

一瞬、何を言われたのか分からなかったが、彼の言葉を反芻《はんすう》してみてようやく理解が追いついた。

しかし、そう簡単に信じることはできない。

（合格？　唯一無二？　私なんかが……本当にそんなオペラ歌手に？）

指の隙間から恐るおそる彼の様子を窺《うかが》う。

彼は揺るぎない自信に満ちた微笑みを浮かべてアンジュに頷いてみせた。

そのまなざしはどこまでも真剣なもので、先ほどの言葉がリップサービスや冗談の類ではなく、本気なのだと無言のうちに物語っていた。

（……簡単には信じられないことだけど……）

幾度となくオーディションに失敗してきて、何度くじけそうになったことか。

その瀬戸際で自分を救ってくれたのは他ならぬ彼だ。

（信じたい……ほんの少しでも私に可能性があるなら……）

あんなにも淫らな罠《わな》を仕掛けてきた相手なのに——彼を信じたいと思う気持ちを抑え込むこ

とができない。

なかなか思うように歌うことができない自分を不合格という形をもってずっと否定され続けてきた。

そんな自分の才能を信じてくれる味方がいるということが、これほどまでに勇気づけられることとは思いもよらなかった。

無論、姉の応援にも感謝していたが、心のどこかでそれは単なる身内びいきなのではという疑いも燻《くすぶ》っていた。

身内ではなく第三者である彼の意見はアンジュの勇気を再びよみがえらせる。

一縷《いちる》の望みがあるならば縋《すが》りたい。

そんな思いと同時に彼の危険な魅力にどうしようもなく惹かれてしまう自分がいて、戸惑いを隠せない。

アンジュは高鳴る胸を押さえながら、苦し気に紳士の双眸を見つめる。

本当に信じてもよいのだろうかという思いと共に——

すると紳士は自信に満ちた微笑みを浮かべて彼女の説得にかかる。

「ミス・アンジュ。ぜひとも全てを私に任せてはもらえないかね？　必ず君の夢を叶えてみせよう。あの舞台はいずれ君のものとなる」

「っ⁉」

いつかはオペラ座の舞台で歌いたいという夢。

やっとの思いでようやくレストランのステージに立てるようになったばかりの身には、あまりにも遠すぎる目標で影も形も見えないものだとばかり思っていた。それが、急に手を伸ばせば届く距離まで近づいてくるなんて。

あまりにも現実味のない出来事が続くあまり、思考が停止する。

茫然自失となったアンジュへと紳士は手を差し伸べてきた。

「本気で夢を叶えたいと思うならば、私の城に招待しよう——何も心配する必要はない。私に全てを委ねるだけでいい」

「…………」

アンジュは紳士の手をじっと見つめたまま息を呑《の》む。

無意識のうちに手をとってしまいそうになる衝動を必死に堪えながら——

果たして彼を信じてこの手をとってよいものか？

一かけら残った理性が最後の警鐘を鳴らしていた。

（この手をとってしまえば……きっともう後戻りできなくなる……）

まだ今ならかろうじて間に合う。引き返したほうがいい。

あんな淫らなオーディションを平然と仕掛けてくる紳士の考えることだ。きっとさらなる恐ろしい罠が待ち受けているに違いない。

（だけど……私の可能性を信じてくださっている……）

人生経験豊富な紳士にとって言葉を巧みに操り、相手を自分の思うがままに動かすなどきっと造作もないことだろう。そんな言葉を鵜呑《うの》みにするわけにはいかない。

それでも、賭けてみたい。そう思う。

アンジュは静かに目を閉じると、彼のピアノに合わせてアリアを歌いあげたときのことを思い出していた。

長い間全身を縛めていた鎖が断ち切れて、思うまま歌声を解き放てたときの感動が鮮烈に蘇ってくる。まるで背中に翼が生え、大空に飛び立つかのようだった。

（ここで彼を拒絶してしまえば……二度ともうあんなふうには歌えない……）

それを思うだけで、心が潰れてしまいそうになる。

ようやくアピシウスの小さなステージで歌えるようにはなったものの、彼のピアノでアリアを歌ったときと同じ感動が得られることはなかった。

理由は分からない。

だが、恐らく彼でなければだめなのだ。

彼からの誘いを受けるか拒絶するかの岐路に立たされ、ようやく気づかされる。

（一度知ってしまったものを諦めることなんて……できるはずがない……）

もしかしたら出会いから今までの全てが、彼の仕掛けた罠だったのだろうか？

そんな疑惑までもが頭をもたげてきて、アンジュは紳士の本意を探るべく、訝《いぶか》しげに彼の目の奥をじっと見据えた。

しかし、黒水晶の瞳には一点の曇りもなく、むしろどこまでも透き通っていて――それが逆に不安になる。

（こんなにも澄んだ目をした人……見たことがない……）

何か得体の知れない恐ろしいものを秘めていながら、そこに邪《よこし》な意図は皆無だなんてことが本当にあり得るのだろうか？

その理由を知りたい。

そんな強い思いが突き上げてきて、気が付けばアンジュは紳士の手をとっていた。

紳士は彼女の手の甲に恭しくキスをすると、一瞬だけ柔らかな微笑みを浮かべる。

「……っ⁉」

その微笑みはあまりにも儚《はかな》く――美しすぎて。今まで彼が見せてきたどんな微笑みとも異なるものだった。

アンジュは我を忘れて見入ってしまう。

心臓が狂おしい鼓動を奏でていた。

怖くて油断がならない相手だとは分かっていても、もはやこうなってしまえば自分ではどうすることもできない。

アンジュは諦めにも似た心境に陥って苦笑する。

これから何が待ち受けているのか、想像もできない。

恐ろしい罠に自分から飛び込んでいくなんて正気の沙汰ではないと思いながらも、心のどこかではこれでよかったのだとも思っていた。

矛盾する自身の心の動きに混乱するアンジュを慮《おもんぱか》ってか、紳士は彼女を優しく抱きしめてこう囁いてきた。

「君と君の姉上には私の名を明かしておこう。君の将来を預かるからには、余計な心配をかけてはなるまい――」

「……っ⁉」

アンジュはハッと身を硬くすると、固唾を呑んで彼の言葉の続きを待つ。

仮面をつけているのは誰にも素性を知られたくないからに違いない。知られてしまえば何か不都合があるからだろう。

そんな彼の正体とは⁉

知りたい。だが、知るのが怖い。

相反する思いに翻弄されるアンジュへと紳士はこう告げた。

「私の名は――フィラルド・D《ダイス》・ヴァルデード」

と。

「――っ⁉」

アンジュは驚愕《きょうがく》のあまり目を瞠《みは》り言葉を失う。

フィラルド・D・ヴァルデード。それは、かつてパリシアにて一、二の人気を争う天才オペラ作曲家の名だった。

まだ母がオペラ歌手として活躍していた頃に幾度となく彼のことを聞かされたものだ。

若くして成功を収めた天才オペラ作曲家のうちの一人であると——

だが、子供時代の記憶ゆえに真偽は定かではないが、確か彼は突如として十年前に忽然《こつぜん》と表舞台から姿を消したはず。

(どうしてそんな方が……私の前に⁉)

アンジュは信じ難い思いで、正体を明かした紳士を改めて見つめた。

彼は黙ったまま、葉巻の煙をくゆらせている。

その泰然とした態度が、全てが真実であると無言のうちに物語っていた。

恐ろしい陰謀に巻き込まれつつある予感に慄然とするアンジュ。

すでに恐るべき運命の歯車は、ゆっくりと動き始めていた。

第三章

（まさか……あの方があのフィラルド・Ｄ・ヴァルデード氏だったなんて……）

アンジュは行きつけのカフェで心ここにあらずといった状態でぼんやりと窓の外を眺めていた。テーブルの上には図書館で借りてきた本や雑誌が山のように積まれている。

それらは全てフィラルドに関する資料だった。

フィラルド・Ｄ・ヴァルデード。

アンジュの記憶どおり、彼はやはり一世を風靡《ふうび》した人気オペラ作曲家でありながら、十年前に忽然と表舞台から姿を消していた。

その理由と彼のことをもっと知りたくて、アンジュは彼に出会って以来、毎日のように図書館に通い詰めて彼に関する情報を集めていた。

それによると、当時は彼に関する噂《うわさ》はさまざまなものが飛び交っていたようだ。

だが、どれもが確証を得ないものばかりで――それがよりいっそう彼のミステリアスな存在に拍車をかけていたことしか分からなかった。

「…………」

アンジュは雑誌の表紙を飾る男性に目をやると、そっとため息をつく。

かつてのフィラルドは精悍《せいかん》な印象を与える美丈夫だった。公爵家に生まれついただけでなく類まれな才能に恵まれ、それを生かせる場があった。

才能は「神からのギフト」と呼ばれるものだが、あくまでもそれは種に過ぎず、肥沃な土壌に植え、丹精込めて育ててあげてこそ初めて花が咲くもの。

フィラルドは持って生まれたもの全てを生かし切って成功を掴んだに違いない。自信に満ちた穏やかな微笑みには一分の陰りもなかった。

年は今の自分とさほど離れてもいないというのに――

アンジュは羨望のまなざしで若かりし頃のフィラルドを見つめた。

にもかかわらず、どうして彼は突然姿をくらましたのだろう？

彼の鋭気が最高潮を迎えているだろうことは写真からも見てとれる。無論、引退にはまだまだ早いはず。

その理由に関しても、やはりさまざまな憶測が当時飛び交ったようだった。

中でも一番有力視されていた噂は、彼が栄光を独占するためにライバルを殺《あや》めたというとんでもないもので。かなりの物議を醸したようだ。

もしかしたら、フィラルドはその騒ぎとバッシングとが原因で表舞台から姿を消したのかもしれない。いかにもプライドが高そうな彼が、くだらない噂を騒ぎ立てる世間に辟易《へきえき》としたとしても無理はない。

（……本当にくだらないわ。ただ単に世間が面白おかしく騒いだだけに決まってる……）

アンジュが胸の内でそう独りごちたちょうどそのときだった。

「そうそう、オペラ座の亡霊の呪いの噂、聞きまして？」

「ええっ！　もちろんですわ！　どこでもその噂でもちきりですもの」

不意に、隣の席でアフタヌーンティーを楽しんでいる婦人たちの会話が耳に飛び込んできてどきりとする。

「ほら、オペラ座って十年前にも有名な作曲家が舞台の上で自殺だか殺されたとかあったでしょう？」

「……亡霊の呪いって本当にあるのかしら」

（あの噂って……やっぱり私のせいよね？　亡霊でも呪いでもないのに……まさかこんなに大騒ぎになるなんて……）

事の真相を知るアンジュは気が気ではない。嫌な汗がじわりと滲み出てくる。

オペラ座の看板歌姫ローザが倒れ、公演が中断された事件はアンジュの想像以上に巷《ちまた》を騒がせていた。

どの新聞や雑誌もこの事件に関して大きく紙面を割き、「まさかの公演中断！　オペラ座の亡霊の呪いかっ!?」などといった仰々しい見出しと共に報じている。

確かに、舞台上の歌姫ローザの取り乱しようは尋常ではなく、こんなふうに騒がれてしまうのも無理もないことかもしれない。

最初はオペラの新たな演出だろうと思われていたが――恐怖のあまり半狂乱になった歌姫が叫びながら昏倒する様はあまりにも異様だった。

結果、オペラを中止せざるを得ない異常事態を招くこととなったのだ。

無論、劇場側は単なる演出に過ぎないという姿勢を貫いているが、人の口に戸はたてられぬもの。

現に歌姫を恐怖の奈落に突き落とした『亡霊の悲鳴』とやらを聞いた観客は、彼女の他にもかなりの数にのぼったのだから。

だが、その悲鳴は他ならないアンジュのものだった。

まさかあんな恥ずかしい悲鳴がこんな大事件に発展するとは思いもよらず、アンジュはひそかに肩身の狭い思い毎日を送っていた。

（でも、ローザさんはなぜ私の悲鳴を亡霊のものだなんて勘違いをしたのかしら……）

パリシアのオペラ歌手の頂点を極めたローザは、激しい競争に打ち勝ってきただけあって、プライドも高く気丈な性格をしていると広く知られている。

現に一度も公演を休んだことはないし、パリシア一人気の歌姫の座をもう十年近く独占し続けているのだ。

まさかそんな彼女が、公演を中断せざるを得ない程の騒ぎを起こすなんて――何か特別な理由があるとしか思えない。

しかし、それが何であるかはまるで見当もつかない。

（『オペラ座の亡霊』はあくまでも創作上のものであって、本物の亡霊だとか呪いだなんてありえないはずなのに……）

確かに『オペラ座の亡霊』のストーリーはミステリアスなもので、オペラ座を舞台にしていることもあり、もしかしたら創作ではなく本当の話かもしれないと観客たちに思わせる不思議な力を持っている。

ヒロインはオペラ座の新人女優クリスティ。彼女はライバルの姦計《かんけい》によってオペラ界を追われるも、オペラ座の亡霊――オペラ座の闇に紛《まぎ》れて復讐《ふくしゅう》の機会を狙っていたある天才作曲家によってその才能を見込まれる。

二人はオペラ座の地下に秘密裏に作られた聖堂で秘密のレッスンを重ねるうちに、互いに惹かれあっていくが、オペラ座の亡霊は彼女を愛しすぎたあまり殺人を犯してしまう。彼女をオペラ座一の歌姫とするために、その障害となる歌手を排除したのだ。

その恐ろしい事実を知ったクリスティは、彼の異常なまでの愛が怖くなって、彼の元から逃げ出す決意を固める。

それを察した亡霊は彼女を自分の城の一部屋に閉じ込めてしまうが、彼女に密《ひそ》かに思いを寄せていた青年が助けに来て、二人は闇の世界を後にする。

オペラ座の亡霊は彼女の裏切りを呪いながら、地下聖堂を破壊し共に滅びていく。

狂おしいほどの愛が招いた悲劇を知るのは――その何年も後に見つかった壊れた人形だけ。

それはかつて亡霊がクリスティに贈ったアンティークドールだった。

オペラはその人形がオークションにかけられる場面から始まり、亡霊とクリスティの愛憎劇を経て再び同じ場面で幕を閉じる。

パリシアを代表するあまりにも有名なオペラで、そのストーリーは誰もが知っている。

だが、まさかその話が未完のものであり、盗作されたものだったなんて――

フィラルドから明かされた『オペラ座の亡霊』の思いがけない秘密に思いを馳《は》せながら、アンジュは既視感《デジャヴ》を覚えていた。

(……気のせいかしら……『オペラ座の亡霊』の筋書きとフィラルド様が私に声をかけてくださったこと……どこか似ている気がする……)

否、もしかしたら敢《あ》えて似せているのかもしれない。

アンジュは仮面の紳士の油断ならない微笑みを思い出してぞくりとする。

全てが謎に包まれているフィラルド。

少しでも彼のことを知りたくて――いろいろと調べてはみたものの、かえって謎は深まる一方だった。

アンジュは力なく首を左右に振ると、先日の公演のチケットの半券と彼に返しそびれてしまったハンカチとを見つめて切ないため息をつく。

フィラルドと出会って以来、あまりにも信じ難いことが続いたせいか、ふとした折にこれは現実なのだろうか？　夢を見ているだけでは？　と、疑ってしまう。

だが、夢ではない。

フィラルドはオペラ座からアンジュを自宅へと送り届けた際、ルルーへと己の素性を明かしてパトロンとなる旨を正式に申し出たのだから。

最初は半信半疑だったルルーだったが、フィラルドの真摯な説得に最後は応じた。それどころか最後はむしろ「是非に！」と乗り気だった程。

二人のやりとりをアンジュはただ茫然《ぼうぜん》として見守ることしかできなかった。

そうこうするうちに、彼の居城へと移り住んで本格的なレッスンを受けることが決まってしまったのだ。

それがつい一週間前のこと。

準備が整い次第、迎えにくるという話になっているが、いつかは知らされていない。

全ては先方が準備し、その身一つで来てもらえばいいという話だった。

（……本当に不思議な方、お姉ちゃんが信頼してしまうのも無理はない）

彼の言葉は揺るぎなく、どれだけ突拍子のない夢物語でも相手にそれを信じたいと思わせる説得力があった。

言葉だけではない。彼をとりまく空気もまた同じ――

絶対的な自信とでもいうべきものが、彼のカリスマ的な魅力を際立たせていた。

アンジュは、彼の腕の中で目覚めたときの満ち足りた感覚を思い出すと、うっとりと目を細める。

今までの辛かったこと、苦しかったこと、それら全てを彼が受け止め、包み込んでくれるかのようだった。

仮面で素顔を隠した彼の謎めいた言動は危険で油断ならないはず。

それでも構わない。彼を信じたい。

そう思わせるだけの魅力が彼にはあった。

アンジュの胸は期待と不安の間を交互に頼りなく揺れていた。

何をしていても彼のことばかり考えてしまう。それは生まれて初めての感情だった。

(駄目よ、好きになっては。何を考えていらっしゃるかまるで分からない怖い方……そもそも私とは釣り合うはずもない……)

そう自分に言い聞かせるも、もはや手遅れだと、心のどこかでは分かっていた。

と、そのときだった。

「アンジュ様、お迎えにあがりました」

「——っ⁉」

不意に慇懃無礼《いんぎんぶれい》な声をかけられ、ハッとする。

(いつの間に⁉)

見ればフィラルドの執事ニコラスがすぐ傍で胸に手をあて深々と一礼していた。まるで忽然とその場に現れたかのように。

アンジュは息を呑んでその場に固まる。

ニコラスはテーブルの上に置かれた本を一瞥すると、一瞬苦々しい表情で目を眇めたが、すぐに能面のような表情を取り戻した。

バツが悪い心地に駆られ、アンジュは視線を宙に彷徨《さまよ》わせる。

「全ての準備が整いました。ご主人様がお待ちです。さあ参りましょう」

「ま、待ってください……さすがに一度家に戻ってから……」

「いいえ、なりません。主の命令ですので――このまま邸《やしき》にお越しいただきます。アピシウスのオーナーとお姉様にも話はつけてございます。ご安心ください」

「………………」

有無を言わせない口調で言い切られてしまい口をつぐむ。

ニコラスはそれ以上何も言わずに、淡々とテーブルの上を片付け、勘定を済ませて外へと出ていってしまう。

「ま、待ってください」

我にかえったアンジュは慌てて彼の背を追っていった。

Ж　Ж　Ж

(……この通りは……まさかオペラ座へ？　一体どういうこと？　フィラルド様のお城に向かうはずじゃ……)

アンジュは不安な面持ちでクラシックカーのバックミラー越しにニコラスを見た。

しかし、彼はそんな視線をまったく意に介していない様子で運転を続けている。

この目抜き通りの突き当たりに位置するのは荘厳な装飾が施されたオペラ座――フィラルドの居城に向かうものだとばかり思っていたアンジュは驚きを隠せない。

カフェを出てから、一週間前と同じようにドレスサロンへと連れていかれて身なりを整えた後、車はあきらかにオペラ座へと向かっていた。

(オペラを一緒に観《み》た後にお邸へ向かうつもりなのかしら？　でも、しばらくは公演は中止のはずなのに……)

ボックス席での忘れ難い記憶が蘇り、心臓が強く脈打ち始めた。またあんなことをされてはたまったものではない。

そうは思いながらも身体の芯は早くも熱を帯び始めていて、アンジュは戸惑う。

彼は一体今度は何を企《たくら》んでいるのだろう？

(……このドレスだって……どこかクリスティのものに似ている気がするし……)

月と星とをモチーフにした華やかなドレスは、『オペラ座の亡霊』の劇中劇でヒロインが身にまとっていたものに似せてつくられているように見える。

単なる気のせい、もしくはたまたま似ているに過ぎない。

そう思い込みたいが、違和感はどんどんと肥大していくばかり。

(何もかもが……『オペラ座の亡霊』に似ているような……)

いつの間にか『オペラ座の亡霊』の世界に迷い込んだかのような錯覚すら覚えてくる。

（そんなこと……ありえないわ……これじゃ噂を信じている人たちと変わらない）

自分にそう言い聞かせはするものの、もしかしたら――という思いは拭いきれない。

やがて、オペラ座が近づくにつれ、さらなる違和感が彼女へと襲いかかった。

（やっぱり、この車オペラ座に向かっている。だけど誰もいないのに……どうして？）

ドレスアップした人々で賑《にぎ》わういつものオペラ座界隈《かいわい》とは異なり、人影一つない。

いつもが華やかな分、静まり返ったオペラ座はまったく別な建物のようにも見え、どこか不気味な雰囲気を醸し出している。

ややあって、車はオペラ座の入口前の車寄せに停《と》められた。

ニコラスによって車の後部座席のドアが開かれ、アンジュは緊張の面持ちで車から降り立った。

オペラ座を見上げると、等間隔に聳《そび》え立《た》つ石柱が迫り来るような錯覚を覚え、足が竦《すく》んでしまう。得体のしれない不吉な予感がして胸騒ぎがする。

「こちらへどうぞ――」

ニコラスに案内され、正面玄関へと向かう。

重厚なつくりの扉は固く閉ざされていると思いきや、ほんのわずかに開いていた。

二人が近寄ると、軋んだ音を立ててゆっくりと扉が開かれていく。

扉を開いたのはオペラ座の警備を任されていると思《おぼ》しき制服姿の屈強な男性だった。

ニコラスと男はすれ違いざまに互いを一瞥《いちべつ》する。まるでいつもそうしているかのような自然な態度で。

一体どういうことなのだろう？

何か恐ろしい陰謀に巻き込まれつつあるような気がして、アンジュは怖気《おじけ》づく。

躊躇《ためら》いながらオペラ座の中へと足を一歩踏み入れた瞬間、ひんやりとした空気が頬を撫でてきてぞくりとした。

反射的に後戻りしようと思うも足が大理石の床に縫い付けられたかのように動くことができず、そうこうしているうちに背後で扉の閉まる音がした。

その音はオペラ座のホールの天井へと響きわたり、アンジュの心臓を鷲掴《わしづか》みにする。

もう戻れない――そう直感して血の気が引いていく。

と、そのときだった。

「アンジュ、よく来てくれた」

斜め上から低く穏やかな声が降ってきて、アンジュを金縛りから解放した。

「っ⁉」

顔をあげると、フィラルドが入口に向けてYの字につくられた幅広の階段をゆっくりと降りてくる姿が目に飛び込んでくる。

タキシードの上に漆黒のマントを羽織った彼の姿を目にするや否や、凍えた心臓に血が通っていく。

しなやかな足取りに応じて、マントが翻り長髪が優美に揺れる。

男らしい逞《たくま》しい体躯《たいく》に、気品を感じさせる彼の所作にアンジュの胸は甘くときめく。

「――会いたかった。私の天使《エンジェル》。今日この日をどれだけ待ちわびたかしれない」

フィラルドはアンジュの手を恭しくとると、その甲に口づけた。

彼の柔らかな唇が触れた瞬間、アンジュはびくっと肩を跳ね上げてしまう。

そんな彼女へとフィラルドは目を眇《すが》める。獲物を見定める獣のように。

その獰猛な双眸《そうぼう》はアンジュの心身をたちまちのうちに捕らえた。

(駄目……そんな目で見られたら……)

咄嗟《とっさ》に目を逸《そ》らすも、もはや手遅れだった。下腹部の奥が甘く疼《うず》き、恥ずかしい蜜が下着を濡らしていく。彼のまなざしはまるで媚薬《びやく》のようにアンジュを酔わせる。

思いもよらなかった自身の反応を恥じ、アンジュは顔を伏せる。

とてもではないが、まともに彼の顔を見ていられない。

しかし、フィラルドは彼女の顎に手をあてると自分のほうを向かせた。

そして、眉をハの字にして頬を薔薇色に染めた彼女を危険な視線で射抜く。

「どうしたのかね？　なぜ目を逸らす？」

「…………」

答えられるはずもない質問をされ、アンジュは言葉を失い視線を彷徨わせる。

彼の目は何もかも見通しているかのようだった。それなのにどうしてわざわざこんな質問をしてくるのだろう？

困惑の表情を浮かべるアンジュを見つめる紳士のまなざしはどこか愉《たの》し気《げ》で——それに気づいたアンジュは顔をしかめる。

（分かっていらっしゃるはずなのに……わざとあんな質問をなさるなんて……）

「そんなに怖い顔をするものではない。せっかくの愛らしい顔が台無しだ」

「っ⁉　可愛く……なんて……」

「私にとっては誰よりも可愛《かわい》らしいお嬢さんだ。君のように打てば響く素直な女性はそう多くはない」

「……っ⁉」

どこか意地悪な響きを宿した彼の甘い囁きに頬が赤らむ。

そんな彼女へとフィラルドはさらなる追い打ちをかけていく。

「——君のあの素晴らしい声、ひと時たりとて忘れることができなかった」

「あれ、は……お願いですから……わ、忘れて……ください」

「そればかりは無理というもの。他の願い事ならばなんなりと叶《かな》えてあげたいが——私はすでに君の声の虜になってしまったものでね」

蠱惑的《こわくてき》な重低音の囁きと同時に熱い息を耳に吹き込まれ、アンジュは思わず切ないため息をついてしまう。

（駄目……彼のペースに流されては……）

今にも本能に負けてしまいそうな理性をかろうじて奮い立たせると、気を紛らわせるべく上ずった声で彼へと尋ねた。

「……あ、あの……確か……お邸にという話では？　どうしてここへ……」

「その理由はすぐに分かる。これから案内しよう——来たまえ」

意味深な微笑《ほほえ》みを浮かべると、フィラルドはアンジュの手をとって一階の廊下の奥へと導いていく。

ボックス席があるのは階段を上がった先にある二階。

一体どこへ向かうのだろうか？

果たしてその謎はすぐに明らかになる。

ニコラスが廊下の突き当たりの扉を開くと、二人へと頭を深々と下げて見送った。どうやら彼がついてくるのはそこまでのようだ。

ここからはフィラルドと二人きり。

既視感《デジャヴ》を覚えて、アンジュの胸の鼓動は加速していく。

一階席は暗がりに包まれていて、周囲がどうなっているかまではよく分からない。彼のエスコートがなければ歩くことすらおぼつかないだろう。

アンジュは彼の腕に縋るようにして暗闇の中を歩いていく。

反面、フィラルドはまるで夜目でも利くかのように、迷うことなく歩を進めていく。

ややあって階段を数段昇り終えたところで、ようやく彼は足を止めた。

暗闇の中を歩いていくことは、たとえエスコートがあったとしても、とても恐ろしく勇気がいることだった。アンジュは安堵《あんど》の息をつく。

その次の瞬間――紳士が手にした杖《つえ》で床を打つと同時に、舞台の照明が一斉に灯された。

「っ⁉」

いきなりのまばゆい光に視界を奪われ、アンジュは顔をしかめて目を細めた。

しばらくして、ようやく周囲に目が慣れてきて、自分がオペラ座の舞台の上に立っていることを知る。

（……すご……い。これが……オペラ座の舞台……）

信じがたい思いで、舞台からホール全体をゆっくりと見渡していく。

著名な画家によって描かれた見事な天井画は、豊かな色彩が虹のように織りなしていて圧巻の一言に尽きる。

のみならず、柱やボックス席の柵には精緻な浮彫《レリーフ》がいたるところへ施されていて　まるで劇場全体が芸術品のようだ。

舞台の左右には、優美なドレープを描く臙脂《えんじ》色の分厚いカーテンで間仕切りされた一際豪奢《ごうしゃ》な装飾が目を引くボックス席が連なっている。

一週間前には、あそこから舞台を観ていたのだ。

それなのに――今は舞台の上から逆に席を見上げているなんて。

夢でも見ているのではないかと半信半疑ながらも、胸にしみじみとした感動が押し寄せてくる。

（これが……お母さんがいつかはと夢見ていた舞台からの眺め……）

胸がいっぱいになり、鼻の奥がツンとして涙ぐんでしまう。

歌姫としてこの場に立っているわけではないが、それでもはるか彼方《かなた》に霞《かす》んでいた夢に一歩近づけたような気がする。

フィラルドは、感極まって舞台に立ち尽くすアンジュを背後からそっと抱きしめると、こめかみに唇を押し当ててから彼女へと告げた。

「いずれ君はここに立つことになる。パリシア一の歌姫として――」

「っ⁉」

まさかパリシア一の歌姫の座を奪うつもりだとでもいうのだろうか？

（そんな恐ろしいこと……私にできるはずないのに……）

戦慄するアンジュの顔に顔を埋めると、フィラルドは歌うような抑揚で続けていく。

「想像してみたまえ――君の歌声に魅了された観客たちの拍手がいつまで経《た》っても鳴りやまない光景を」

「……そんなことが……本当に……」

「夢というものは疑っているうちは叶わない。必ず叶うと信じ、すでに叶えたつもりになってこそ初めて実現するものなのだよ」

謎めいた彼の言葉にアンジュはハッとさせられる。

（確かにその通りかも……）

かつて新進気鋭の天才作曲家として名を馳せたフィラルド。実際に夢を叶えてきたからこそこんなにも彼の言葉には説得力があるのだろう。

自分に一番足りなかったものを目の前に突き付けられたような気がして、アンジュは神妙な面持ちで呟《つぶや》いた。

「……それが……夢を叶える秘訣《ひけつ》……」

「そのとおり」

「フィラルド様はそうやって夢を叶えてらしたんですね」

「ああ、だが、まだ叶えていない夢がある」

「っ⁉」

不意に彼の声色に陰りが差し、アンジュは驚く。

(どんな夢でも叶えてらしたようにしか見えないのに……)

「そんなにも……難しい夢なんですか？」

恐るおそる尋ねてみるが、フィラルドはしばらくの間、物思いに耽《ふけ》っているような遠い目をして沈黙を続ける。

やがて、彼は皮肉めいた口調で吐き捨てるように言った。

「十年越しの夢だ。私一人ではどうしても叶えられない夢なものでね」

そして、アンジュを抱きしめる腕に力を込める。

「だが、君がいれば叶えることができる。必ず叶えてみせる――君の夢は私の夢でもあるのだよ」

一瞬熱く声を震わせたかと思うと、獰猛《どうもう》なため息を一つついて再び沈黙した。

（何を……考えていらっしゃるのかしら……）

背後から強く抱きしめられたまま、アンジュは両手をきつく握りしめる。

恐ろしい予感は強まる一方で、心臓がくるおしい鼓動を奏でている。密着している状態でそれが彼にも伝わってしまうのではないかと気が気ではない。

しばらくして、フィラルドは押し殺したような声で彼女へと囁いてきた。

「――これがあの未完のオペラの本当のフィナーレを飾るアリアだ」

「っ⁉」

そう言われて、初めてアンジュは目の前の譜面台に気がついた。そこには手書きの楽譜が置かれていた。

（これが……本物……）

いわくつきのアリアを前に緊張したアンジュは息を呑む。

（フィラルド様が書かれたものなのかしら……）

息を詰めたまま、彼の続く言葉に耳を傾ける。

「このアリアを歌うことができる歌姫を探し続けてきた。そして、ようやくついに君を見つけ出すことができたのだよ」

憎しみと喜びとを滲ませたような口調。

紳士のとりまく空気には、狂気じみた何かが見え隠れし始めていた。

あまりもの恐怖にアンジュは生きた心地がしない。

「君にならばきっと歌えるようになる。このアリアを――君こそが『オペラ座の亡霊』に相応《ふさわ》しい歌姫であり、クリスティを演じるに相応しい。これは、紛《まが》い物《もの》を世に広めた罪人共への復讐なのだよ」

朗々と抑揚をつけてそう言い放つと、紳士は彼女の首筋へと口づけた。

「――っ⁉」

そのまま吸血鬼のように歯を立てられ、血を吸われてしまうのでは⁉

そんな錯覚を覚えたアンジュは、反射的に彼から逃れようと顔を背け、腕を振り払おうとした。

だが、強い力で抱きすくめられていてはどうすることもできない。

（私が……クリスティを⁉　やっぱりこのドレスは……『オペラ座の亡霊』をイメージしてつくられたものだったんだわ……）

彼から明かされた復讐の内容に愕然《がくぜん》とする。

十年前の初上演以来、クリスティ役はずっとローザが演じ続けてきたというのに。一体どうやってその場を奪うつもりなのだろう。

（まさか……そんな恐ろしいことを考えていらしただなんて……）

困惑したアンジュはフィラルドに慄《おのの》く。

何をどうしたとしても、そんなことは不可能に思える。

だが、彼ならばやりかねない。どんな手段を使っても――

そんな不吉な予感に身震いする。

「どうした？　今さら怖気づいたのかね？」

フィラルドは意地悪な口調で彼女の耳元に囁《ささや》くと、耳の形を確かめるように舌を這《は》わせて耳たぶを甘噛みした。

「っきゃ!?　あ、ン……あぁ……や、や、あ……」

くすぐったさに身を震わせ、彼の舌から逃れようと必死に身を捩《よじ》るアンジュ。

しかし、抵抗すれば抵抗するほど、彼の舌はより大胆さを増していくばかり。

いやらしい粘着質な音が鼓膜に沁《し》みていき、雌の本能を誘う。

妖しい悦楽がじわりじわりとアンジュを追い詰めていき、その声は艶《つや》めく。

「諦めたまえ。逃がしはしない。私が君をどれだけ待ちかねたと思っている。君は私の申し出を受け入れた。すでに私のものだ――」

危険な台詞《せりふ》を口にすると、フィラルドは彼女の首筋を強く吸い立てて痕をつけた。まるでアンジュの所有権は自分にあると主張するかのように。

（私が……フィラルド様のもの……）

人が人を所有するなんてあってはならないこと。

そのはずなのに、アンジュの胸は妖しく高鳴り、その目元は朱に染まる。その言葉にはどこか人を惹きつけてやまない甘美な響きがあった。

彼にならば支配されてもいい。否、むしろ支配されたい——そんな恐ろしい欲求までもが心身の奥深くからこみ上げてきて、アンジュは自分が怖くなる。

「…………」

アンジュは抵抗をやめると、彼の腕に身を預けてうなだれた。

持てる力の全てを持って抵抗したせいだろうか？

喘ぐような乱れた息遣いが恥ずかしくて、いたたまれない心地に駆られる。

「いい子だ。さあ、レッスンを始めよう——我々の夢を叶えるために」

そう言うと、フィラルドはアンジュの顎に手をあてて譜面に向かわせた。

「読んでみたまえ」

「……は、はい」

せわしない胸の鼓動に苛まれながらも、アンジュは譜面台の上に置かれた楽譜を目で追っていく。

（このアリアは……）

魂の奥底からこみあげてくる衝動に身を委ねるかのような荒々しい筆致の楽譜を読み進めていくうちに目を疑う。

（こんな低音から……高音に跳ねるなんて……しかも、何度も……）

それは恐るべき難曲だった。

連なる音符はソプラノ歌手を凌駕《りょうが》した低音と高音を激しく行き来していた。

アンジュはようやくフィラルドの言わんとしていたことを悟る。

(無茶《むちゃ》だわ……こんな曲……誰も歌えるはずがない……)

譜面を読みながらメロディを脳裏で再生してみるも、とてもではないが口ずさむことはできそうにもない。

「歌えそうかね?」

「……無理です……こんな難しい曲……」

アンジュは青ざめると、小さくかぶりを振った。

「——いや、君ならば必ず歌うことができる。信じたまえ」

「そんなっ⁉　かいかぶりすぎです……自分の実力くらい……ちゃんと分かって……」

フィラルドは彼女の訴えを最後まで聞こうとはしなかった。

唐突に彼女の唇へと指を差し入れると、発言を中断させたのだ。

「ンッ⁉　ンン……」

紳士の長い指に唇を塞がれ、アンジュはくぐもった声を洩らして恐るおそる肩越しに彼を見た。彼の切れ長の目がすぐ傍でぎらついていることに気づくや否や、胸がきゅっと締め付けられる。

「どうやら君は勘違いしているようだが、実力というものは自分が決めるものではない。他人が決めるものだ」

「っ⁉」

フィラルドは長い指でアンジュの舌をまさぐりながら彼女を窘《たしな》める。

(あ、あぁ……指……くすぐった……い)

アンジュは眉をハの字にして、彼の指から逃れようと顔を背けるもそれは叶わない。

彼の指が鍵盤を叩《たた》くかのような動きを見せ、口中を淫らに攪拌《かくはん》してくる。

「ン……や……ぁ……ふ……ンンン……や、め……」

懸命に抵抗するも、制止してほしいと訴えかける声は、舌足らずないやらしい声にしかならず聞くに堪えない。

「君は自分を過小評価しすぎている。それこそが、君の天使の歌声を縛《いまし》めている鎖なのだよ。必ずや私が解き放ってみせよう」

フィラルドは自信に満ちた口調でアンジュへとそう告げた。

「多少荒療治になるとは思うが、私を信じて身を委ねたまえ」

「……あ、あぁ」

荒療治。それがどんな行為を意味するか、おぼろげに察したアンジュは甘く切ない声を洩らして目を細める。妖しすぎる予感に胸がざわめく。

(まさか、また……あんな恥ずかしいことをなさるつもりじゃ……)

幾度となく思い出しては羞恥に悶《もだ》えたボックス席での行為を再び思い出してしまう。

あんな淫らなレッスンを受け入れるなんてとてもじゃないができそうもない。

（でも……夢を叶えるためなら……我慢しないと……）

強い葛藤に苛まれつつも、アンジュは羞恥心を力づくでねじ伏せて覚悟を決め、震える声で服従の言葉を口にした。

「……は、はい……信じ……ま、す……」

刹那、全身の血が沸騰したかのような昂揚《こうよう》感に襲われる。

（あぁ……身体が……熱、い……）

蕩けるほどの絶頂を味わった直後とあまりにもよく似た感覚に戦慄する。雌としての本能が歓喜に打ち震えていた。

（夢を叶えるために仕方なく？　いいえ、違う。そうじゃない……それはあくまでも彼が与えてくれた建前であり言い訳だわ……）

まだ出会って間もないというのに、いつの間にかこんなにも彼に惹《ひ》かれてしまっていたなんて思いもよらなかった。

（怖いけど……きっともう逃れられない……逃れたく……ない……）

アンジュは熱いまなざしで肩越しにフィラルドを見つめる。

フィラルドはそのまなざしに応じ、彼女へとやさしく口づけた。

「ン……っふ……ンンン……」

唇が柔らかく重なり合った瞬間、アンジュは陶然とした表情で目を閉じる。

（なんて甘いキス……蕩《とろ》けてしまい……そう……）

フィラルドに唇をついばまれるようにキスされるたびに、鼻から抜けるような艶声を出してしまう。

(恋人同士でもないのに……こんなこと……)

年が離れた紳士と唇を重ねている自分が信じられない。

だが、背徳的な快感はすでに彼女を虜《とりこ》にしていた。

不意にフィラルドの舌が彼女の唇をつっとなぞってきた瞬間、アンジュは小刻みに全身を痙《けい》攣《れん》させ軽く達してしまう。

「……はぁ……ン……んんぅ……」

キスだけでまさかこんなに乱されてしまうなんて。

もっと淫らなことをされたらどうなってしまのだろうと怖くなり、アンジュは目を薄く開くと困り果てたようにフィラルドを見つめた。

彼のエキゾチックな切れ長の目は全てを見透かしているかのようだった。

フィラルドは不敵な微笑みを浮かべたかと思うと、彼女の頭を抱え込むようにしてより深く口づけてくる。

「っ⁉ ン……ン⁉ う……ンンッ！」

いきなり舌を雄々しく突き立てられ、アンジュは驚きに目を見開くと、くぐもった呻《うめ》き声を洩らした。

(う、そ……これ、が……キスっ⁉)

先ほどの優しい口づけが嘘《うそ》のように一転し、荒々しいものにとって代わる。フィラルドは紳士の仮面を外し雄の牙を剥《む》き出《だ》しにして、アンジュの唇を貪っていく。息継ぎすら許さないほど、執拗《しつよう》なまでに彼女の唇を捕えては舌を獰猛に暴れさせる。

「っンン！　ン、はぁはぁ……あ、あぁ……」

（く、苦し……い。い、息ができ……ない……激し、すぎ……て……）

アンジュは、息苦しさに息があがってしまい喘《あえ》ぎ喘ぎ身悶《みもだ》える。

窒息してしまうのではと不安に思う一方で、こんなにも誰かに求められるのは初めての経験だった。

最初こそ必死に逃れようとしていたアンジュだが、やがてたどたどしい舌づかいで彼の舌に応じ始める。

柔らかな湿った舌が淫らに絡み合い、卑猥《ひわい》な音色を奏で始めた。

音に敏感なアンジュは、そのいやらしいメロディーに酔わされてしまう。

（私が……私でなくなるみたい……）

もはや何も考えていられない。

ただ一心に彼の舌に応じ、ディープキスの淫らなデュエットに溺れていくばかり。

舌がもつれ合うたびに、愉悦のしこりが腰の奥で肥大していく。

（あ、あぁ……駄目、弾《はじ》けて……しま、う……）

せり上がってくる絶頂の高波の予感に鳥肌立ったそのときだった。

不意に舌ごと彼の口中に持っていかれ、強く吸われてしまう。

「——ッ！　ンンンンン！」

一瞬、脳裏が真っ白になったかと思うと、アンジュは鋭い声を発して達した。

くぐもった嬌声《きょうせい》が音響効果に優れた舞台上から観客席に向かって解き放たれる。

「……素晴らしい歌声だ」

ようやくアンジュの唇を解放したフィラルドが観客席を仰ぎ見ると、陶然とした声を震わせた。

アンジュは彼の腕の中で肩を上下させながら息を切らすばかり。

頂上を見たばかりで心身は早くも蕩けてしまっていた。

（キスが……こんなにいやらしいものだったなんて……）

紳士によって初めて教えられた口づけは、おとぎ話や小説などによって漠然と思い描いていたロマンティックなイメージを裏切るものだった。

戸惑うアンジュの頭を撫でながら、フィラルドは耳元に囁く。

「——こんなにも熱を帯びた歌声を他に私は知らない。なぜそれを自ら押さえ込んでいる？　解き放とうとしないのかね？」

「……どうしても舞台の上では緊張してしまって。思うように声を出せなくて……」

「その原因に思い当たることはあるのかね？」

「…………」

原因は分かっている。

だが、それを打ち明けようとする胸がずきりと鋭く痛み、首を絞められるような息苦しさに襲われ、アンジュは喉元に両手をあてて苦しげに顔をしかめた。

「——大丈夫だ。無理に明かさずともいい。いずれ明かせるときがきたら話を聞こう」

フィラルドは穏やかな声でそう言うと、彼女のこめかみに優しく口づけた。

「はい……」

アンジュの表情は、たちまち穏やかさを取り戻していく。

（……本当に……なんて不思議な方なの……）

清濁併せて全てを包み込んでくれるような彼の態度に感じ入ってしまう。フィラルドには、全てを見通し達観しているかのような空気感があった。それは、さまざまな経験によって培われてきたただろう大人の魅力だった。

「君が胸に秘めた情熱に全てを委ね、自らを解放することができたとき、『天使の歌声』は目覚めるだろう」

確信に満ちた予言めいた彼の言葉にアンジュは勇気づけられる。

だが——それも束《つか》の間《ま》、フィラルドが油断ならない微笑みを浮かべたかと思うと、彼女を自分のほうへと身体ごと向かせて恥ずかしい命令を下してきた。

「——アンジュ、ドレスをたくし上げたまえ」

「っ⁉」

耳を疑うような命令にアンジュは息を呑《の》む。

一旦は凪《な》いだ心が再び妖しくざわめきはじめる。

「……そ、それは……さすがに……」

ドレスをたくし上げた後のことを考えるだけで混乱してしまう。

さすがにずっと歌一筋で生きてきた身とはいえ、男女が愛を育む行為についてまったく何も知らないわけではない。

一週間前、彼が口にした台詞が脳裏へと蘇った瞬間、身の危険を感じて身構える。

（人目がある以上、まだこの程度で済んでいるって仰《おっしゃ》っていたけれど……）

今は二人きり。オペラ座の舞台上に立っているとはいえ観客はいない。

あのとき以上に恥ずかしいことをされてしまうなんて正気の沙汰ではない。

嫌な汗がじわりと滲《にじ》んできて、身体が震えてくる。

「怖がらなくともいい。君が心配しているようなことはしない。ドレスが口づけの邪魔になる。ただそれだけのことだ」

（キスをするのに……ドレスが邪魔に？　一体どういうこと？）

こういった類の具体的な知識まではないアンジュには彼の発言の意味が分からない。

ただ、ドレスをたくし上げるという行為そのものが、危険につながるということだけはおぼろげに察していた。

「私は男の欲望を満たすために君を傷つけたりはけしてしない。全ては『天使の歌声』を目覚めさせるため。誓って口づけだけだ」

フィラルドはあくまでも落ち着き払った紳士的な態度を崩しはしない。

(本当に口づけ……だけ？　信じても……いいのかしら……)

不安に駆られるアンジュだが、意を決すると震える手でドレスの裾を自らゆっくりとからげていった。

彼女の羞恥に彩られた表情と、ドレスの下から現れたストッキングに包まれた足へとフィラルドの鋭いまなざしが注がれる。

「……っ」

彼の刺すような視線をいたるところに感じながら、アンジュは恥ずかしさのあまり顔を伏せ、ようやくの思いでドレスをたくしあげきった。

ストッキングにガーター、ショーツまで異性の目に晒すことになるなんて——

その場にうずくまって彼からの視線から逃れたいという衝動を必死に堪える。

フィラルドは顎に手をあてて、しばらくの間アンジュの痴態を堪能していた。

(あ……ああ、そんなに見られたら……駄目……い、いや……)

彼に恥ずかしい姿を見られているのだと思うだけで、腰のあたりが落ち着かない。

無意識のうちに下腹部に力が籠ってしまい、それにつられて恥ずかしい蜜がショーツの隙間から伝わってきてしまう。

(や、ぁ……恥ずかし……い。こんなはしたない……反応……きっといやらしい子だって軽蔑されてしまう……違う、のに……)

惹かれている人にあらぬ誤解を受けてしまうのではと、アンジュは涙目になる。

しかし、フィラルドはそんな彼女の頭を優しく撫でて励ますとキスで涙を拭った。

「では、君がまだ知らない口づけを教えてあげよう」

危険な囁きにアンジュの心臓が跳ねあがる。

フィラルドはプリンセスに忠誠を誓う騎士のようにその場へと片膝をついたかと思うと、アンジュの愛蜜を伝わらせる内腿《うちもも》をじっと見つめた。

そして、恭しい手つきでレース仕立てのショーツの股布を片側へと寄せると、淡い叢《くさむら》を露出させたのだ。

「っ⁉　や……っ……あ……」

咄嗟に手で覆い隠そうとするアンジュだったが、フィラルドの厳しいまなざしに制されて抵抗できない。

さらなる蜜が奥から溢《あふ》れ出《で》てきて、くるぶしまで次々と伝わり落ちていく。

フィラルドは彼女の蜜に濡《ぬ》れた割れ目を左右に開くと、花びらの奥に息づく真珠を露出させた。

「あ、あ、あぁ……こんな……こと……口づけだけ、だって仰ったのに……」

「ああ――そのとおり。口づけだけだ」

彼の言葉に不穏なものを感じて、アンジュがハッとしたそのとき――フィラルドは秘所へとその整った顔を近づけ、濡れた花芯に口づけた。

「きゃっ⁉　あ、あぁああ……ン、あぁああ……や、あぁあ！」

たまらずアンジュは、ドレスのスカートをぎゅっと強く握りしめると、全身を激しく痙攣させていやらしい悲鳴をあげた。

感度の塊に濡れた柔らかな感触がはしった瞬間、信じがたいほどの快感が爆《は》ぜ、たった一瞬で理性を奪ってしまう。

「やっ！　やぁああああっ⁉　い、いやぁ……や、やめっ……ン、ンンンッ！」

愉悦が怒涛《どとう》のごとく襲いかかってきて、アンジュは激しく身を捩《よじ》り、頭を振り立ててよがりくるう。

それはあまりにも淫らな口づけだった。

彼の唇と舌とが、鋭敏な肉核に情け容赦なく激しい揺すぶりをかけてくる。

「あ、ンぁっ！　あぁ……あ、あぁああ……いけ、ませ……ん。こんな……キス」

憧れのオペラ座の舞台上であるということすら頭の中から吹き飛び、我を忘れて身体をわななかせる。

（あぁあ……汚して……しまうのに……）

まさかこんな箇所に高貴な紳士の口づけを受けるとは思いもよらなかった。

罪悪感と羞恥とに苛まれるも、それはかえって彼女の感度を研ぎ澄ましていく。

いけないことをされている。醜態を晒《さら》している。そう思えば思うほど、舞台の床へと滴り落

ちていく恥蜜の量は増えていく。

「や、やっぱり……駄目、で、す……や、やめっ……や、あぁンッ！」

幾度となく達してしまい、その間隔は徐々に狭まってきている。

アンジュは愛らしい顔をくしゃくしゃにして逼迫《ひっぱく》した嬌声をあげながら、無我夢中で彼の頭を押さえて顔を遠ざけようとした。

だが、フィラルドは彼女の腰を抱え込んだまま、よりいっそう強く顔を押し付けて舌を躍らせたかと思うと、不意にじゅるりと愛蜜を吸い立てる。

「ッひ！　やっ！　ンぁあぁあああああっ！」

快感に隆起した肉核を吸われた瞬間、アンジュは一際高い悲鳴をあげて昇りつめた。

それと同時に、甘酸っぱい蜜が飛沫《しぶき》をあげて鉄砲水のように放たれ、紳士の仮面と口元を濡らす。

「はぁはぁ……う、っく……申し訳……あり、ません……」

粗相をしてしまった幼い子供のようにうなだれるアンジュへとフィラルドは鷹揚《おうよう》に微笑みかけた。

彼の仮面や口元、それに前髪は蜜潮で濡れていて。

アンジュはとても正視できず、苦しそうに視線を逸らしてしまう。

「構わない。もっと君の歌声を聴かせたまえ――」

「っ⁉　こ、こんな声……歌声なんか、じゃ……」

「全てのしがらみから解き放たれ、歓喜に打ち震えるすばらしい歌声だ。一度聞けば忘れられなくなる。ずっと聞き続けていたくなる。君の歌声は私を魅了してやまない」

フィラルドはそう告げると、再び彼女の腰を抱え込んで淫らな口づけを再開した。

「やぁっ！　やぁあっ！　んぁあぁあぁあああああ！」

すでに剥き出しにされてしまった本能が、やすやすとアンジュを絶頂へと導く。

「やっ、やめっ！　ン、あぁああ……だ、駄目、ま、また……あ、あぁああ……お願いですからっ！　も、もう……無理、です。あ、あぁあぁ、またぁああああっ！」

いくら達しても、もはやフィラルドの舌が止むことはなかった。

アンジュはくるおしいまでの絶頂地獄へと突き落とされる。

「んぁっ！　あぁあ！　ンンン！　あぁあぁあああ……」

達するたびに放たれる引き攣《つ》れた歌声へとフィラルドは心地よさそうに耳を傾け、さらなる淫らな歌声を引き出すべくよりいっそう情熱的に口づけていく。

オペラ座のホールにひっきりなしにアンジュのイキ声が響き渡る。

（あ、あ……ぁ……も、もう……限界……無理……）

「あぁ、いやいやいやぁああ、ン、ン、ンぁあぁあああぁあああああっ！」

アンジュは、張りつめきった糸がぷつっと途切れるような感覚の後、ついに凄《すさ》まじい快感の波に押し流されてしまい、声の限りに叫んだ。

誰に何をされているか、自分が一体誰なのかすら、一瞬分からなくなる。

合わない。

「……あ、あ、あぁあ」

膝をわななかせながら、声ならぬ嬌声を発してその場へと崩れ落ちていく。水たまりならぬ蜜たまりにへたりこみ、茫然自失となってホールの天井画を仰ぎ見た。

だが、絶頂に次ぐ絶頂を強いられたため、その余韻で視界がぼやけたまま、なかなか焦点が合わない。

「っ……は……はぁはぁ……く、う……」

（息が――）

突如、過呼吸に襲われ、喉元を押さえて青ざめる。

激しく混乱するアンジュの身体をフィラルドが優しく抱きしめると、背中を撫でてきた。

「大丈夫だ。落ち着きたまえ。そう……ゆっくりでいい……深い息を繰り返しなさい」

「っはぁはぁ……はぁ……っ……はぁ……」

アンジュは彼に無我夢中でしがみつくと、言われた通り深い呼吸を意識してみる。

ややあって、なんとか思うように息ができるようになって、深い安堵と共に長いため息をついた。

フィラルドは黙ったまま、彼女の背中をいとおしげに撫で続けている。

「…………」

アンジュは放心しきった表情でぐったりとフィラルドに身を委ねきっていた。彼の逞しい身体とぬくもりとを感じながら。

数えきれないほど達した後のけだるさがなんとも言えず心地よい。心を覆った分厚い鎧《よろい》を全て剥《は》がされて、ありのままの自分でいられる感動に酔いしれる。

「アンジュ、実に素晴らしい歌声だった」

フィラルドの賛辞に力なく微笑んで応じた。

とてつもない羞恥の果てに待つ世界は、いかなる類の不安や悩みとも無縁のもの。

このまま何もかも忘れて溺れたままでいられたら——そんなふうに願ってしまう。

（……こんなふうに……思いっきり声を出せるなんて……）

普段は萎縮してなかなか思うように声が出てこないのが嘘のようだった。

（懐かしい……）

かつてはこんなふうにのびのびと歌えていた。

かつての自分を思い出して泣きたくなってしまう。

パリシア音楽大学に入る前、まだ母がオペラ歌手として活躍していた頃のアンジュはただ歌うことが好きな一少女に過ぎず、いつか母のようになりたいという夢に向かってひたむきに駆けていた。

失敗を恐れず、歌うことの喜びに身も心も委ねきる幸せな日々——

（失ったことを後悔したって仕方のないことなのに……）

フィラルドは、涙ぐむアンジュの乱れた髪を指で梳《す》いて整えながら言葉を続けた。

「私としたことが——少しばかり事を急《せ》いてしまったようだ。君の歌声があまりにも美しすぎて。悪かった」

「……い、いえ」

大丈夫とまではさすがに言えないが、彼に心配をかけたくない。そう思ってアンジュは健気《けなげ》にはにかんでみせる。

「だが、これで分かっただろう？　快感こそが君を全ての不安から解き放つ最良の薬だ」

「っ⁉　そんな……こと……は……」

「君はもうすでに身を以《もっ》て思い知っているはずだが——違うかね？」

「…………」

確信に満ちたフィラルドの言葉を否定することはできず、アンジュは落ち着きなく目をしばたたかせる。

「まだまだこんなレッスンは序の口だ——覚悟したまえ」

「——っ⁉」

嗜虐《しぎやく》を滲《にじ》ませた声色で耳元に囁かれただけで、アンジュは軽く達してしまう。

（……嘘……よ、こんなこと……だけで……）

声だけで昇りつめてしまうなんてと、自分が怖くなる。

フィラルドの淫らなレッスンは確実に彼女の性感を引き出していた。

まだたった二回だけだというのにこんなに感じてしまうようになるなんて——数を重ねたら一体どうなってしまうのだろう？

妖しく危険な予感に息を呑む。

と、そのとき——

「今、何を想像したのかね？」

「っ⁉」

フィラルドの低い声が鼓膜を震わせてきて、アンジュはビクンと身体をしならせつつ、再度達してしまった。

「な、何……も……」

「一回りも若いお嬢さんの嘘を見抜けないほど、私の目は節穴ではないのだが？」

「っす、すみません……そんなつもり……では……」

皮肉めいた彼の言葉にアンジュは慌てて弁解しようとするが、舌がもつれて思うように言葉が出てこない。

そんな彼女を見つめるフィラルドのまなざしはあくまでも暖かなままで。

気分を害したわけではないのだと察したアンジュは口ごもりながら頬を朱に染める。

彼のちょっとした言葉や行動に狼狽《うろた》え、翻弄されてしまう自分はなんて子供なんだろうと少しばかり悔しく思う。

「まあもっとも君の想像をはるかにしのぐレッスンにはなると約束しよう」

「っ⁉　そ、そん……な……け、結構……です」

「遠慮せずともいい」

フィラルドは意地悪な笑いを噛みころしながら、床に置いていた杖を手にとった。

チェスのキングの駒を模した杖は、水晶を研磨したものに大粒の宝石をあしらったもの。

彼は優雅な手つきでその杖の頭部を回して取り外したかと思うと、アンジュに見せつけるかのように舌を這わせて濡らしてみせる。

照明の光を浴びて濡れた光を放つ杖の頭部がどこか淫靡《いんび》に見え、アンジュの頬は赤らむ。

(気のせいよ……たぶんさっきあんなことをされたから……そのせいに違いないわ)

そう自分に言い聞かせようとするも、妖しい予感を拭い去ることができない。

その予感は正しかった。

眉根を寄せて警戒するアンジュを窘めるように頬を撫でながら、フィラルドは杖の頭部をアンジュの熱く濡れそぼつ花弁へと押し当ててきたのだ。

「っきゃ……あ、あぁっ」

まだ熱を帯びたままの感じやすい粘膜へとひんやりとした塊が触れてきた瞬間、アンジュは目をカッと見開くと悲鳴をあげる。

「やっ！　いやぁあ……や、やめ……てくだ……さい。ぬ、抜いて……そんな、の……入りませんっ！　お願い……です……あ、あ、あぁあああ……」

悲鳴混じりの懇願もむなしく、フィラルドは手に力を込めると、クリスタル製の杖の頭部を割れ目の奥へと埋め込んでいった。

「っひ!?　あ、い、や、いやぁあぁあぁあああっ！」

アンジュのこわばりきった悲鳴がオペラ座の天井へと吸い込まれていく。

（やっ……だ、誰か、助け……て……こ、壊れて……しま、い……そ、う）

指以上に太い異物を秘所へと挿入《い》れられてしまい、そのあまりの拡張感に息をすることすら躊躇《ためら》われる。

「安心したまえ。ここはもっと太いものを迎え入れられる造りになっているのだよ」

「っっ……う……っく……ぅぅう……」

彼の囁きにはどこかいやらしい響きがあり、アンジュは胸は妖しくざわめく。

「まさかさすがにコウノトリが赤ちゃんを運んでくると、いまだに信じているわけではないのだろう？」

「………」

からかいを帯びた言葉を投げかけられたアンジュは反論しようと口を開くも、淫らな呻《うめ》き声《ごえ》しか出てこなくて悔しげに唇を噛みしめた。

「『天使の歌声』を解放するときが来るまで、それは君に預けておこう。いついかなるときでも外すことは赦《ゆる》されない」

「っ!?　そ……んな……無茶、な……」

「早く外して欲しければレッスンに励む他ない」

「……ずる……い、です……こんなの……」

「ずるい？　そう――男はずるい生き物だ。簡単に信じてはならない」

「……っ⁉」

(信じてもいいって……仰《おっしゃ》っていたのに……)

正反対のことを口にするフィラルドにアンジュは目を吊《つ》り上《あ》げて睨《にら》み付《つ》ける。

だが、股間に埋め込まれた杖の頭部がその邪魔をしてくる。

「さあ、これで全ての準備は整った。私の城へと案内しよう」

フィラルドは何事もなかったかのように涼しい表情でアンジュの手をとると、その場へと立ちあがった。

「っ⁉ や……あ、ま、待って……くだ……さ、い」

(こんなものを挿入《い》れられたまま、立ち上がるなんてできっこない……)

アンジュは咄嗟に彼の手を振り払うと、その場にうずくまる。

その背を撫でながら、フィラルドは優しく声をかける。

「さほど長い距離ではない――オペラ座と私の城とは地下通路でつながっているのだよ。ごく限られた人間しか知らない秘密だ。『オペラ座の亡霊』の秘密同様くれぐれも内密に願う」

「っ⁉」

まさか『オペラ座の亡霊』に出てくる秘密の地下通路が実在していたなんて――

フィラルドから明かされた秘密にアンジュは驚きを隠せない。

本当に『オペラ座の亡霊』はフィクションなのだろうか?

逆にそんな疑問すら抱いてしまう。

「まあ、もっともこの通路の存在を知られたとしても、私以外の人間はまずこの道を生きて出られはしないだろうが――」

穏やかな微笑みを浮かべながら恐ろしいことを淡々と口にする彼を見て、やはり彼は油断ならないと思う。

（信じたいけれど……彼は危険すぎる……）

熱に浮かされた頭のてっぺんから水を浴びせられたような気がして、アンジュはようやく自分を取り戻していった。

「――焦らずともいい。ゆっくり向かうつもりだ」

「……そ、その……ま、待って……ください。距離とか……時間の問題ではなくて。こんな状態では……無理です。ぬ、抜いて……ください。お願いですから……」

恐ろしい秘密を身体の奥に埋め込まれてしまったアンジュは、困り果てた様子で首を左右に振ってみせる。

ただでさえ息も絶え絶えとなるほどの舌戯にくるわされたばかりだというのに。ひどく感じやすくなった身体にはあまりにも刺激が強すぎる。

「まだ試してもいないうちから無理だと諦めるべきではない。一度諦め癖をつけてしまえば、なかなか治すことはできないのだよ」

「……う、うう、は、はい……」

フィラルドに諭《さと》され、アンジュは神妙な面持ちで頷《うなず》いてみせると彼の腕にすがりついてわななく足に力を込めた。

ゆっくりとその場に立ち上がると、慎重におぼつかない足取りで階段を降りていく。

「ン……っ、あ、あぁ……」

階段を一段降りるたびに、恥ずかしい場所へと埋め込まれた杖頭が外に出てきてしまいそうになり、反射的に下腹部に力を入れてかろうじてやり過ごす。

だが、そのたびに面映《おもは》ゆいような鈍い快感が下半身へと響き、淫らな声が喉の奥をついて出てきてしまう。

(……諦めたく……ない……)

淫らに息を弾ませながらも、アンジュは奥歯を食いしばって歩いていく。

フィラルドはそんな彼女を紳士的に支えながら舞台の端へとエスコートしていった。

彼が複雑な文様を描かれた石床へと杖を打ち付けると、舞台の床の下へと続く螺旋《らせん》階段が現れる。

(これが……隠し通路……)

暗闇の彼方から冷たい風が吹き上げてきて、アンジュは背筋が寒くなる。

フィラルドは胸元から小さなカンテラをとりだして火を灯《とも》すと、足下を照らしながら階段を下りていく。

(一体どこまで続くのかしら……)

よろめきながらも一段ずつ階段を下りていくが、いつまで経っても先が見えない。

まるで地獄の底へと続いているのではないかという恐ろしい錯覚に生きた心地がしない。

足が竦《すく》んでしまいそうになる一方で下腹部に鈍い快感を覚えながら、アンジュはこわばりきった表情で紳士の腕に縋って緩やかな螺旋階段を下りていった。

ж　ж　ж

延々と続く螺旋階段を降りていき――ようやく階段を降り終えたアンジュは、深い安堵のため息をついた。

「ここ、は……」

「いわゆる奈落の底だ――もっとも皆が知る奈落のさらに底と言った方が正しいか。オペラ座の奈落は二重底になっているのだよ。ボックス席にけして劣らない特別席だ」

舞台の下に設けられた地下室であり、舞台の演出に必要となる機械などが置いてある場所。そんな場所がまさか二重底になっていたなんて思いもよらなかった。

「……いったい何の……ために……」

「――私が作らせたのだよ。全ては復讐《ふくしゅう》のために」

「っ⁉」

(復讐のためだけに……そこまでなさるなんて……)

アンジュは改めて彼の憎しみの深さを思い知って青ざめる。

彼は憎悪に満ちたまなざしを闇の彼方へと向けていた。大人の余裕を感じさせる魅力的な穏やかな微笑《ほほえ》みはすでに消《き》え失《う》せている。

仮面越しにも、その尋常ならない憎しみに歪んだ表情は伝わってくる。

見てはならないものを見てしまった気がして、アンジュは咄嗟《とっさ》に目を逸らした。

胸の奥が絞られるかのように痛んで顔をしかめる。

(とても辛そうで……見ていられない……)

たまらずアンジュは彼の手を強く抱きしめると、頬を擦り寄せた。

すると、それに気づいたフィラルドの表情が和らいだ。

憎しみはたちまち掻《か》き消え、アンジュは胸を撫で下ろす。

しかし、彼が垣間《かいま》見せた恐ろしい本性はすでに彼女の脳裏の奥深くへと刻み込まれ、けして消すことのできないものとなっていた。

奈落の闇はどこまでも深く――あまりにも危険すぎる予感に満ちていた。

第四章

（まさかこんなお部屋で暮らすことになるなんて……だいぶ慣れてはきたけれど、やっぱりまだ落ち着かない……）

アンジュは、エメラルドを基調としたロココ調の豪奢《ごうしゃ》な内装が施された部屋でひじ掛け椅子にもたれかけて考え事に耽《ふけ》っていた。

この部屋はアンジュのためだけに特別に用意されたものだった。『オペラ座の亡霊』内でヒロインのクリスティが亡霊に監禁された部屋に敢《あ》えて似せて作らせたそうだ。

全ては役作りのためらしいが、莫大《ばくだい》な費用をかけているのは明らかで——フィラルドの復讐への執着はやはりただならぬものがある。

クローゼットに用意されているドレスもヒロインが劇中で着用するものばかり。

まさか、ドレスが普段着になる生活を送ることになるなんて思いもよらなかった。

アンジュがフィラルドの城に連れてこられ、『オペラ座の亡霊』の舞台となる中世の貴族の暮らしを送るようになって早二週間が過ぎようとしていた。

（……復讐のためだけにここまでなさるなんて……一体過去に何があったのかしら？）

ただ単にオペラを盗まれただけでここまでするだろうか？

いまだフィラルドには、得体の知れないところが多い。

彼について考え始めると、謎が謎を呼んで収拾が付かなくなってしまうのが常だった。

だから、アンジュは頭を左右に振って考えを中断した。

（いずれきっと話してくださるはず。あれこれ憶測を巡らせるよりも、そのときを待っていたほうがいいわ。今は自分がしなくちゃならないことだけに集中しないと……）

淡いピンクのドレスを身にまとったアンジュは膝の上に置いた楽譜を手にとると、真剣な面持ちで丹念に読み進めていく。

（……こんな難しいアリア……本当に歌えるようになるのかしら……）

それは『オペラ座の亡霊』の本物の最終幕で歌われるアリアだった。

タイトル欄は空白となっていて、便宜上、仮に「おしまいのアリア」と呼んでいる。

フィラルド曰《いわ》く、本当のタイトルはそれにふさわしい名が天から降りてくるまでつけることができないらしい。インスピレーションか啓示か、きっとそういった類のものが必要だということだろう。

ちなみに最終幕の筋書はまだ知らされておらず、歌詞も与えられていない。

まずはこの難曲のメロディーを歌えるようになることだけに集中すべきだということなのだろう。

しかし、何度目を通しても「おしまいのアリア」はあまりにも難しくて、アンジュは途方に暮れてしまう。

昼夜を問わずレッスンに励んではいるものの、いまだに一度も最後まで歌いきることができていない。

人の声域の限界を凌駕《りょうが》した低音と高音とが駆け足のように繰り返される難曲なのだから、それも無理はない。

こんな難しいアリアを歌える人なんて、果たして本当にいるのだろうか？

パリシア一の歌姫ですら歌えないものを、自分がいずれ歌えるようになるなんていまだに信じられない。

幾度となくそう疑わずにはいられないアンジュだったが、フィラルドの信頼は揺るぎなく、レッスンは日増しに苛烈さを増している。

彼との秘密のレッスンに考えが及ぶや否や、アンジュの目元には朱が散らばった。

反射的に部屋の壁に作り付けられた全身鏡へと目が吸い寄せられる。

脳裏に生々しく蘇るのは、この部屋で彼から受けた初めてのレッスン。

あの鏡の前に立たされてフィラルドに背後から抱きすくめられた。そして、低い声による囁きに酔わされながら、首筋へと淫らな刻印を刻み込まれたのだ。

咄嗟に彼に吸われた側の首を反らして逃れようとしたが、男の力に敵《かな》うはずもない。

いくら顔を背けようとも、フィラルドはむしろその抵抗を愉しむかのようにうなじを強く吸っていき唇の痕を残していった。

鏡に映った切なげな表情に半開きになった唇、朱に染まった目元など、見るに堪えなくて幾度となく俯《うつむ》いてしまうも、フィラルドに顎を掴まれ正面を向かされてしまう。

「アンジュ、目を逸らしてはならない。自分に向き合いたまえ――」

厳しい声色で窘められるように彼に命じられた瞬間、今まで自分とまともに向き合うことを避け続けてきたことに気づかされた。特に過去のトラウマや自分の弱さからは目を逸らし、対峙《たいじ》することを恐れていたように思う。

「他ならぬ私の手で解放されていく自身の姿に向き合うことで、君を縛めていた鎖は断ち切られていくのだよ」

フィラルドに優しくそう諭されて、躊躇《ためら》いながらも頷き、秘密のレッスンへと身を委ねていったのだ。

今もまだ首筋にはその痕が残っている。

それを目にするたびに、アンジュの胸は甘く高鳴り、身体の奥に埋め込まれた異物が存在を主張してくる。

アンジュはぶるりと身震いすると、長く熱いため息をついてきつく目を閉じた。そうして淫らな衝動が収まるのを静かに待つ。

(フィラルド様の仰《おつしや》ることはもっともだけど……何事にも限度というものがあるわ。こんなことをずっと続けていたら、どうなってしまうか分からない……)

あまりに激しいレッスンに気を失ってしまうことすらある。

フィラルドの巧みな調教によって、どんどんと自身の身体が変わりつつあるような気がして自分が怖くなる。

（恐ろしい人……どうしてあんなこと、平然とできるのかしら……）

いつも淫らに狂わされるのは自分だけ。

フィラルドはいついかなる時でも冷静沈着に飴《あめ》と鞭《むち》を使い分けて、アンジュにいやらしいレッスンをおこなうばかり。

自分だけが痴態を晒しているのが死ぬほど恥ずかしくて。悔しくてならない。

（フィラルド様にとっては、あんな恥ずかしい行いだってただのレッスンに過ぎない。それは分かっているけれど……）

どういうわけか胸がずきりと痛み、顔をしかめる。

（別に……私にとってもただのレッスンに過ぎないもの……）

そう自身に言い聞かせるも、それは単なる強がりに過ぎないと分かりきっていた。

（あんなことされて……意識しないっていうほうがおかしい……）

何もかもが初めてのことばかりだった。幾度となく驚かされ――いくら抵抗しても結局はフィラルドの思うがままにされてしまう。

そもそも、まさかあんなにも恥ずかしい行為がこの世に存在することすら知らなかったというのに――

アンジュは熱くなった頬を冷まそうと両手をあてて、再び目を開くと鏡の中の自分を見つめた。うなじに刻み込まれた無数の痕に胸を妖しく掻き乱され、慌てて目を逸《そ》らす。

（ああ……思い出したくないのに……思い出してしまう……）

狂おしい思いに胸を震わせながら自身をきつく抱きしめる。

淫らな刻印は、ことあるごとに彼のレッスンを生々しいまでに思い出す引き金となる。きっとこれも彼の思惑どおりなのだろう。

（こんなレッスン……やっぱりおかしいわ……）

今まで色恋沙汰と縁がなかったアンジュだったが、さすがにフィラルドのレッスンは「普通ではない」と感じる。

だが、同時に「普通」の枠に収まっていたままでは、大きな夢を叶《かな》えることはできない。フィラルドのレッスンが常軌を逸しているのは天才故なのかもしれないとも思う。

（……それにしたって……もっと別な方法はないものかしら）

アンジュが脳裏に浮かぶ彼へと恨みがましく訴えたちょうどそのときだった。

不意にドアがノックされ、アンジュの心臓がドクンと跳ねあがる。

このノックは彼のもの。

ただでさえ音には敏感なアンジュは、ノックの音のささやかな違いすら聞き分けるようになっていた。

「……は、はい」

返事をすると、ドアが開いてフィラルドが部屋の中へと入ってきた。

城内では、アスコットタイのシルクシャツにズボンに編み上げのブーツといういでたちが多い彼だが、今日は黒いマントを羽織っている。

外出していて戻ってきたばかりなのだろうか？

そんなことを考えながら、アンジュの胸は早くも淫らな予感にざわついていた。

フィラルドはマントを翻しながら歩いてきたかと思うと、ソファに腰かけたアンジュの手をとって甲に口づけてきた。

「……っ」

彼とのレッスンをするようになって約二週間——いい加減、慣れてもよさそうなものなのにアンジュはいまだに甘い反応を見せてしまう。

否、慣れるどころか、むしろ以前よりも敏感に応じずにはいられなかった。

柔らかな彼の唇の感触は、首筋のいやらしい刻印よりもさらに淫らなレッスンの逐一を思い出させてくるのだから。

（あぁ……駄目……これ以上思い出しては……）

レッスンの一環として全身をくまなくじっくりとキスされたことを思い出すや否や、アンジュの秘所が膣内の異物をきゅっと締め付けた。

中から抜け出てきてしまいそうになり、アンジュは慌てて下腹部に力を込めて、かろうじてそれを防ぎきる。

膣内からあれが出てきてしまえば——おしおきレッスンが始まってしまう。

こわばりきった表情で身を硬くするアンジュへとフィラルドは流し目をくれる。まるで全て見通しているとでも言わんばかりに。

アンジュはバツが悪そうに視線を彷徨《さまよ》わせて、落ち着きなく目をしばたたかせる。

「だいぶ我慢できるようになったようだな――感心だ」

フィラルドが不敵な微笑みを浮かべると、杖《つえ》を手にしたまま腕組みをした。

杖の柄を目にした瞬間、アンジュは弾かれたように視線を逸らして彷徨わせる。

チェスのキングの駒を模した杖頭を見るたびに、それを埋め込まれた瞬間のことを思いだし、また今も埋め込まれていることを強烈に意識してしまう。

そして、間違いなくフィラルドはそれに気がついていた。

切れ長の目を細めると、そのしなやかな指先で柄の凹凸をなぞるように触れていったのだ。まるでアンジュへと見せつけるように。

「――っ⁉」

彼の繊細な愛撫《あいぶ》の感覚を思い出してしまったアンジュは、思わず全身をびくんっと痙攣させてしまう。

その振動は膣にまで伝わり、ショーツの股布の隙間から淫らなオブジェをついに吐き出してしまった。

「――あ、あぁ……」

ため息交じりの声を洩《も》らすと、アンジュは羞恥のあまり俯いて拳を強く握りしめる。

「いけない子だ」

フィラルドはからかいを帯びた口調で彼女の耳元に囁《ささや》くと、腰を屈《かが》めて床へと落ちたオブジェを拾い上げた。

蜜にまみれたクリスタルの杖頭は淫靡な光沢を放っていて——アンジュは余計いたたまれない思いに駆られる。

（どうしよ……う……おしおきされてしまう……）

危険な予感に胸の奥底からせわしない鼓動が突き上げてくる。

身体も顔も火照って、変な汗が滲み出てきた。

だが、フィラルドは不意におしおきとはまったく関係のないことを尋ねてきた。

「アンジュ、たまにはレッスンを外でおこなおうと思うのだが、構わないかね？」

「っ!?　外……です、か？」

肩透かしをくらったアンジュは目をしばたたかせながら首を傾《かし》げる。

「ああ、城に閉じこもってばかりいては気が滅入《めい》るだろう？　気晴らしも必要だ」

（私のことをこんなに気遣ってくださるなんて……）

彼のさりげない気配りをありがたく思う。

（この分だと……おしおきはされずに済みそう……）

安堵《あんど》のため息をつくと同時にほんの少しだけ残念に思っている自分もいることに気が付き、アンジュは慌てふためく。

（ど、どうして？　残念がるなんて……ありえない）

必死に否定するも、一度気が付いてしまったことを取り消すことはできそうもない。

胸の鼓動がさらに加速していき、呼吸が乱れてしまう。

（あんないやらしいお仕置きを望むだなんて……嘘よ、そんな、いつの間に……）

いつの間にか彼の淫らなレッスンによる支配がここまで及んでいようとは思わなかった。

「で、では……お出かけの準備をしなくては……」

「ああ——だが、その前に」

言葉をいったん切ると、フィラルドは彼女の耳元に囁いてきた。

「仕置きがまだのはずだが？」

「——っ⁉」

（覚えていらしたのね……）

アンジュの心臓がどくんっと鋭い鼓動を刻んだかと思うと早鐘を打ち始める。

「——私の仕置きが欲しくてわざと決まりを破ったのではないのかね？」

「ち、違いますっ！」

「それは良かった。仕置きが仕置きにならないようでは困るからな」

「…………」

からかうような口調で意地悪なことを言われ、アンジュはむぅっと口をつぐんだ。

ムキになって反論しようにも、先ほどのようにすげなくあしらわれるだけだろう。誤解を解きたいがその術《すべ》を持たず複雑な表情をして黙りこくってしまったアンジュの頭にフィラルドは手を置いて宥《なだ》めた。

そして、愉《たの》しげな微笑みを浮かべて彼女をピアノの前に立たせる。

淫らな予感に胸を高鳴らせながら、アンジュは彼にされるがままに身を委ねる。

フィラルドは彼女に鍵盤に手をつかせて腰を後ろに突き出させたかと思うと、おもむろにドレスの裾をたくし上げていった。

「……っあ」

彼の指でショーツの隙間からひんやりとした塊を再び挿入される瞬間、思わず甘い声を洩らしてしまう。

フィラルドは柄頭を奥に押し込んでしまわずに、それで花弁を押しひろげるように膣内を攪《かく》拌《はん》し始めた。

ぐちょぐちょという淫らな音がアンジュを追い詰めていく。

アンジュは鍵盤にしがみつくようにして彼の手から逃れようと身体をくねらせるもそれは敵わず、鍵盤が奏でる不協和音によりいっそう心が掻き乱されるだけだった。

「はぁはぁ……お、音……や、めて……くだ、さい……あぁ……」

「相変わらず君は音に敏感だな――苛《いじ》め甲《が》斐《い》がある」

「っきゃ!? あ、あぁあああ……」

フィラルドは手を休めることなく、むしろさらに大胆な手つきで蜜壺をいやらしく掻《か》き回《まわ》し

ながら、彼女の耳元に男らしい色香を滲ませた声で囁いた。

淫らな音と彼の声とに同時に責められ、たまらずアンジュは達してしまう。

蜜洞がきゅっと締まり、異物を外へと押し出してしまおうとする。

しかし、フィラルドはそれを上回る力で、柄頭をいったん奥まで力任せにねじこんだかと思うと、今度はそれを使ってピストンを始めた。

「ンッ！　あ、あぁ……あぁあぁぁ……恥ずかし、すぎ……ま、す……こん、な……」

卑猥《ひわい》な水音はさらに増していき、アンジュは身体を甘く痙攣《けいれん》させながら、幾度となく達してしまう。

秘所からひっきりなしに甘い蜜がしたたり落ち、高価な絨毯《じゅうたん》に染みをつくっていくが、フィラルドは構うことなくピストンの動きを加速させていく。

「だいぶいい声が出るようになった。だが、まだ足りない。二オクターブ上のこの音。分かるかね？　この音を出せなければ、あのアリアは歌えない」

いったん手を止めたかと思うと、開いているほうの手を鍵盤にのせて二オクターブ高いファの音にあたる白鍵を弾いてみせる。

「そん……な高い音……む、無理……です……」

フルートやピッコロなどといった高音を出せる楽器でなければとてもこんな高い音は出せないはず。にもかかわらず、フィラルドはけして自らの主張を曲げようとはしない。

「君にならできる――」

そう言うと、フィラルドは白鍵に置いていた手で自身の杖を持つ。

アンジュは乱れきった息を整えようとするので精一杯で、彼がこれからしようとしていることまで考えが回らない。

だが、次の瞬間、淫猥《いんわい》なオブジェを引き抜かれたかと思うと、代わりに杖を挿《い》入れられ、下腹部の奥に太い衝撃がはしり、声ならぬ声をあげてのけぞった。

「——っ⁉　っく、あ、あ、ぁあ……」

(う、嘘《うそ》……まさか杖を……だなん、て……)

今まで貫かれたことのない奥深くまで抉《えぐ》られて青ざめる。

「や……あ、あぁ……そんな……ひど、い。抜い、て……くだ、さい……」

「この状態で一曲歌い終えることができたなら抜いてあげよう。まだ今は完璧な状態でなくても構わない。『おしまいのアリア』に挑んでみたまえ」

フィラルドは杖から手を放すと、ピアノの椅子に座り直して鍵盤へと再び指を戻した。

「う、っく……」

アンジュは彼の肩にしがみつくようにして下腹部に力を込めると、自重で杖が抜けてしまいそうになるのを必死に堪える。

杖頭だけでも膣内に挿入れたままでいるのは大変なことなのに——と、彼をうらめしく思わずにはいられない。

(こんな状態では……簡単な曲ですら歌えるはずがないのに……)

しかし、彼の命令は指導であり――絶対だった。従うほかない。

フィラルドの長い指がゆっくりとしなやかに動くと、『おしまいのアリア』の前奏部分を弾いていく。

アンジュは大きく息を吸い込むと、震える声でアリアを歌い始めた。

彼の奏でるピアノの音色が、そして自身の歌声が杖を通して子宮に響き、疼《うず》くような鈍い快感がしこりとなってアンジュを苛《さいな》む。

（あああっ、こんなおしおきレッスン……まともじゃ……な、い……）

フィラルドのレッスンを望んだのは自分だが、まさかこれほどまでに淫らなものだとは思いもよらなかった。

それでも――やはり自分に残されているのはこの道だけ。

アンジュは必死の形相でフィラルドのレッスンに応じ続ける。

夢を叶えるためならばどんなことだってしてみせるという誓いを自ら破ることなどできなかった。

こうして、二人きりのいやらしい秘密のレッスンは時と場所を選ばず――それゆえにより いっそうアンジュの心身を蝕《むしば》んでいくのだった。

ж　ж　ж

「――あの、ここは？」

「私がオーナーを務める会員制のサロンだ。ここでの秘密はいかなることも守られる」

秘密めいた響きの言葉にアンジュの胸は高鳴る。

フィラルドはおしおきレッスンを済ませた後、メイドにアンジュの身なりを整えさせ、彼女を城の外へとエスコートしたのだ。

その行き先は、オペラ座のすぐ傍にある老舗のクラシックホテルだった。

最上階のフロア全てを使用した広いスイートルームにはスタインウェイのグランドピアノが持ち込まれ、その周囲には楽器を手にした紳士淑女の姿があり即興で演奏に参加していた。

その演奏に耳を傾けながら談笑している人々――公演の際のようにかしこまってはいない。

楽し気な雰囲気にアンジュは浮足立つ。

「もうずいぶんと長いことここへは足を運んでいなかったが、思ったよりも変わっていないものだな――」

フィラルドは昔を懐かしむように呟くとゆっくりと周囲を見回した。

その横顔はいつになく晴れやかで、アンジュは見入ってしまう。

そのときだった。一瞬、彼の若い頃の素顔が垣間見えた気がしてハッと息を呑《の》む。

ただの目の錯覚だろうが、かつて天才と呼ばれていた頃の彼と会うことができた気がしてなぜだかうれしくなる。

「どうかしたのかね？」

「いえ、な、なんでもありません」

ふと仮面越しに目が合い、アンジュは慌てて顔を左右に振ってみせる。

そんな彼女を見つめるフィラルドのまなざしはどこまでも優しく暖かなもので、アンジュの胸に甘いさざ波が押し寄せてくる。

フィラルドは彼女の手をとって腕を組ませると、ゆっくりとした足取りでエスコートしていった。

こんなふうにまるで恋人のように丁重にエスコートされることはうれしく誇らしいことではあったが、だからこそ困ってしまう。

（……こんなことをされると……勘違いしてしまいそうになる……もしかしたら……フィラルド様も私のことを少しは思ってくださっているのかもって……）

切なさに震える胸の痛みを堪えながら、アンジュは身を弁《わきま》えるべきだと自分の胸に強く言い聞かせた。

だが、もう遅いと心のどこかでは分かっていた。

秘密のレッスンで理性を打ち砕かれ、彼に心身を支配されるたびに彼への思いは募る一方だった。

恋人や夫婦がなぜあんな恥ずかしい行為をするか、今ならよく分かる。心と身体は密接につながっていて、身体を支配されれば心も支配されてしまうからに違いない。

互いを支配し合うことによって、愛は育まれていくものなのだろう。

（支配されるのは私ばかりなのに……フィラルド様は私のことなんて……なんとも思っていないはずなのに）

頭では分かっていても、もはや自分ではどうすることもできない。

複雑な思いでアンジュはフィラルドにエスコートされていく。

部屋の中央の一段高い位置に設けられたテーブル席までやってくると、フィラルドはテーブルの上に置かれた「予約席」と書かれた札をとってアンジュのために椅子をひいた。

アンジュは注意深く椅子へと腰かける。

出先でおしおきをされてしまえば敵わないと、必死な表情で。

そんな彼女の所作を愉しげに見つめながら、フィラルドは給仕長にフィンガーフードとワインをボトルでオーダーすると、アンジュへと説明した。

「このサロンは純粋に音楽を楽しむ場でありながら、若き演奏家たちが腕を競い磨き合う場でもあるのだよ」

「っ⁉」

ただのサロンではないと思っていたが――まさかそんな場所とは思いもよらず、アンジュは息を呑む。

「――若き才能を導くことが半ば私の趣味のようなものでね」

「…………」

（私だけじゃない……他の人たちのパトロンもされているんだわ……）

フィラルドほどの地位と財産があれば、そう考えるほうがよほどしっくりとくるはずなのに、どういうわけか胸の奥がずきりと痛む。

「どうかしたのかね？」

「い、いえ……なんでも……」

「そうか――」

平静を取り繕うも胸の痛みは一向に治まりそうもない。その原因は明らかだった。

（考えてみれば……私一人だけのはずがない……）

彼の城でほぼつきっきりの特別レッスンを受けていることもあり、他にも彼が支援している存在があることに思い至らなかった。

アンジュは自分の浅はかさを悔い心の奥底が凍り付いていくのを感じる。つい先ほどまで躍っていた胸がたちまち萎《しぼ》んでしまう。

（私よりもきれいな人ばかり……）

チューニングをしているバイオリニストとピアニストの二人の美女を見て、アンジュの表情が曇った。

（まさか……フィラルド様は彼女たちにも……あんなレッスンを⁉）

そう思うや否や、嫉妬の炎が燃え上がり胸を焦がす。

「……っ」

こんな醜い感情、知りたくない。

アンジュは胸を押さえて唇をきつく噛《か》みしめると自己嫌悪に陥る。

やがて、先ほどのバイオリニストとピアニストに加え、フルーティストとギタリストも壇上《だんじょう》へとあがり即興で演奏が始まった。曲名は「ラ・カンパネルラ」――その情熱的な曲を四人はめいめいに奏でていく。

かしこまりすぎた場ではなく、とはいえくだけすぎた場でもなく、程よい緊張感の中、彼らは思うままに即興でアレンジを加え、演奏に没頭している。

自由奔放な演奏のようでありながら、端々には確かな技術が窺え、アンジュは息を呑んで彼女たちの演奏に聞き入る。

（すご……い……）

先ほどまでの黒々とした感情は消え、彼女たちの演奏に感じ入る。

すぐさまその場から立ち上がって彼女たちに混ざり歌いたい――そんな衝動にまで駆られて熱いため息をついた。

胸の奥に炎が煌々《こうこう》と燃え上がり、自分も負けたくないと強く思う。

ここに足を運ぶ前は、難曲を前にして自信喪失に陥っていたのが嘘のようだ。

（もしかして……フィラルド様はそれに気づいて私をここに連れてきてくださったのかもしれない……）

アンジュがちらりとフィラルドに目を移すと、彼は鷹揚《おうよう》に頷いてみせた。まるで全てを分かっているとでもいうかのように。

(フィラルド様も……昔、ここで同じようにやる気を燃やしていらしたのかしら)

どういう経緯でつくられたサロンかは分からないが、若かりし頃の彼も、もしかしたら自分と同じような悩みを持っていたのかもしれないと思うだけで、彼との距離が縮まるような気がする。

「あの……私も参加してもよいのでしょうか?」

「ああ、構わない。好きにしたまえ――」

フィラルドの返事にアンジュが心躍らせたちょうどそのときだった。

ニコラスがサロンへと姿を見せ、主の元までやってくると小声で彼に告げる。

「――失礼致します。マークス卿《きょう》が別室で至急お耳に入れたいことがあるとのことですがいかがいたしましょう?」

「後にしたまえ。取り込み中だ」

「――かしこまりました」

ニコラスは主の申し出を素直に受け入れて退こうという素振りを見せるも、アンジュへと目を忌々しげに眇《すが》めてみせる。

「あ、あの……私なら大丈夫……ですから……ご用事を済ませてきてください……」

気を回したアンジュがフィラルドにそう告げると、ニコラスは重々しく頷いてみせた。まるで、よくやったと言わんばかりに。

アンジュは苦笑すると、とりあえず自分の対応が間違っていなかったことに胸を撫で下ろした。城での生活は彼の一存によって全てが決まるため、機嫌を損ねると後が怖いのだ。

「少しばかり中座しても構わないかね？」

「はいっ！」

「……では、すぐに戻る――くれぐれもいい子にしていたまえ」

子供に言い聞かせるような口調にムッとするアンジュだが、彼が去り際に頭に大きな手を置いていくのに相好を崩して頷いてみせた。

フィラルドのちょっとした言葉、行動に心が揺さぶられる。

（これってやっぱり……恋、なのよね……）

こんなとき姉に相談できたなら――アンジュはいまさらのようにホームシックに襲われて苦笑する。今まではそんな余裕すらなかったということに気づかされて。

城での暮らしはあまりにも苛烈なものだった。

（お姉ちゃんどうしてるだろ……寂しがってないといいけれど……）

鼻の奥が絞られる感覚がして、アンジュは涙がこぼれて出てきてしまわないように斜め上を向いて奥歯を噛みしめる。

少しでも気を紛らわせることができたなら――

そう思ったアンジュの目にグラスに注がれたワインが飛び込んでくる。

演奏に夢中でまったく気が付かなかったが、フィラルドが自分にも注いでくれていたのだと察し、乾杯すらしていなかったことを申し訳なく思う。

グラスの三分の一程度に加減して注がれていることにも彼の配慮を感じる。

アンジュはグラスを手にとると一思いにあおった。

喉が熱く火照り、続いて頬へと熱が移っていく。

空になったグラスに気づいた給仕がすぐにワインを足してくれた。

二杯目に口をつけると、酔いが回ってきたのか陽気な気持ちになってくる。

(お酒って薬みたい。知らなかった……)

今までお酒をおいしいと思ったことはなかったが、ようやくその魅力に気づかされたような気がする。

(フィラルド様が席へと戻ってきて、何か歌える曲の演奏が始まったら勇気を出して参加してみよう)

アンジュはそう考えて胸躍らせながらホームシックをごまかした。

と、そのときだった。

一人の青年が彼女へと声をかけてきた。

「——あの、ちょっといいですか?」

「あ、は、はい? 何でしょう?」

見れば、それは目鼻立ちの整った甘い顔立ちの青年だった。フィラルドや他の男性同様タキシードを着ている。

張りがある伸び伸びとした声、バリトンの響きが心地よくてアンジュは目を細める。

彼は爽やかな笑顔を浮かべてアンジュの手をとると、恭しく一礼した。

「シド・デュカスといいます。初めまして。ここは初めてですか？」

「あ、はい……」

「オーナーのお連れさんだから、一体どんな人なんだろうって気になって。勇気を出して声をかけてみたんです」

「いえ！　そんな……私なんて勇気を出されるほどの人間では……」

慌てて首を振ってみせるアンジュにシドは安堵の息をつくゼスチャーをしてみせる。

「——何か楽器を？」

「いえ、声楽を」

「やっぱり！　私も声楽です。パートはバリトンです」

「ああ、やっぱり！」

互いの声から同じようなことを思っていたのだと分かって一気に距離が縮まる。

「そのドレス。『オペラ座の亡霊』のクリスティが第二幕で着ているものにデザインがよく似ていますね。あ、もちろん、舞台のものとは比べるべくもなく素晴らしいものだと分かりますが。わざと似せてオーダーされたのかなと思って」

「あ……え、ええ……恐らく。よくご存じですね」

「はい！　実は『オペラ座の亡霊』の亡霊役の代役に選ばれたばかりということもあって、一目で分かりましたよ」

シドの鋭い言葉にアンジュはどきりとする。

けして秘密を知られてはならない。

いつかあのオペラの真実の最終幕を演じるために、フィラルドから秘密のレッスンを受けているのだと――

しかし、意識すればするほど秘所に埋め込まれた杖頭は存在を主張してきて、アンジュの頬が薔薇色に染まる。

（ああ……駄目。考えては……）

なんでもない会話をしながら、下腹部に力をいれて淫具が外に出てきてしまわないように気を配るのは並々ならぬ努力を要する。

今までの、城という閉じられた場所でのレッスンがいかに恵まれていたかを思い知る。

非日常の場であればまだしも、日常がすぐ傍にある中での淫らなレッスンは恐ろしいほど背徳的で――アンジュの心身を激しく掻《か》き乱《みだ》してくる。

（まさか……これがフィラルド様の本当の狙い⁉）

気晴らしという彼の言葉を信じていたが、もしかしたらレッスンの段階が進んだのかもしれない。

恐ろしい可能性に気づくや否や、無意識のうちにいきんでしまい――あろうことかついに奥に仕込まれた淫らな塊が外へと押し出されてしまう。

（っ⁉　だ、駄目……）

「『オペラ座の亡霊』の曲、歌えますか？　できれば二幕の。よければご一緒させていただきたいのですが――」

シドがそこまで言ったそのとき、ドレスの裾の下へといやらしい蜜にまみれたクリスタルの杖頭が音をたてて落ちていった。

「っ⁉」

（お願い……どうか気づきませんようにっ）

顔面蒼白《そうはく》になったアンジュが必死に祈るもむなしくシドは首を傾《かし》げてテーブルの下へと視線を向けた。

「あれ、今何か落とされましたか？」

「い、いえ……何も……」

窮地に陥ったアンジュは青ざめ、頭の中が真っ白になる。

「失礼――」

シドが腰を屈めてテーブルの下を確認しようとする。

（……知られて……しまうっ）

アンジュがきつく目を瞑《つぶ》って観念したちょうどそのとき――

「私のパートナーに何かご用でも？」

突如、威圧的なフィラルドの声がしてアンジュは目を開く。

（フィラルド様？）

シドの腕を掴んだフィラルドの姿がすぐそこにあった。

ぎりぎりのところで彼が秘密を守ってくれたのだと理解するや否や、アンジュは胸を撫で下ろして安堵のあまり涙ぐむ。

「い、いえ……な、何も……」

シドは表情をひきつらせると、テーブルの下を確認するのを中断した。

その動作の逐一をフィラルドの鋭いまなざしが見据えていた。

いつもと変わらない紳士的な態度ではあるが、敢えて敵意を隠していないような気がして、アンジュは気が気ではない。

「声楽をなさるようなので……ご一緒できたらと思っただけで……」

「あいにく今はまだ彼女の歌声は私だけのものだ。ご遠慮願おう」

「……し、失礼しました」

フィラルドの厳然とした態度にシドは退散した。

それを一瞥《いちべつ》したフィラルドは何事もなかったかのように机の下から秘密の淫具を拾いあげると自らのジャケットのポケットへとしまう。

自席へとつき、ワイングラスを手にとると再び演奏に耳を傾けた。やはり同じく何事もなかったかのようなポーカーフェイスで。

だが、アンジュは目には見えない無数の針で刺されるような空気が彼から発せられているような気がして落ち着かない。

（きっと怒って……いらっしゃる……だってさっきは演奏に混ざってもいいって仰《おつしや》っていたのに……）

他人の目があるというのに言いつけを守れなかったことが彼を怒らせたのだろう。

そう思って、アンジュは小声で彼に謝った。

「も、申し訳……ありません……」

「——彼に一体何を言われたのかね？」

「いえ……何も……ただ『オペラ座の亡霊』の話が出て……」

「それだけかね？」

「はい……」

「…………」

アンジュの返事にフィラルドは眉根を寄せると、深いため息をついた。

それは苛立《いらだ》ちによるものなのか安堵によるものなのか、アンジュには分からない。

胸に得体のしれない靄《もや》のようなものがかかって落ち着かない。

フィラルドを怒らせてしまったに違いないという思いと、彼が選んだのはこのサロンにいる全員で自分一人ではなかったという失望に心がひどく掻き乱される。

アルコールのせいもあるだろう。胸の内にとどめておくべき感情が今にも口をついて出てきてしまいそうになる。

「アンジュ、どうしたのかね？」

「……少し酔ってしまったみたいで。バルコニーで外の空気を吸ってきます」

「ならば、私が案内しよう」

「いえ、結構です。一人で……」

「遠慮する必要はない――」

「…………」

言葉をかぶせるように強く言われ、アンジュは渋々頷く他ない。

フィラルドが席から立ち上がると、彼女へと手を差し伸べてスイートルームのバルコニーへとエスコートしていった。

ж ж ж

バルコニーには三組のテーブルとソファのセットがスイートルームのダイニングに向かって置かれ、キャンドルやランプの灯が幻想的な雰囲気を醸し出していた。

夜の空気がアルコールに火照った頬にひんやりと心地よくて、アンジュは体内の熱を逃がそうとでもいうかのように深呼吸を繰り返す。

フィラルドはアンジュをソファに腰かけさせると、その場に片膝をついて彼女と目線を合わせた。

「――私が席を離れている隙にワインを飲みすぎたのかね？」

「少しだけ……」

「飲み慣れていないのに無茶《むちゃ》をするのはよしたまえ。アルコールは薬にも毒にもなる」

「はい……申し訳ありません」

「酔った隙を狙われないとも限らない——」

「っ⁉　さっきの方は……そんなつもりじゃ……」

「どうしてそう言い切れるのかね？」

不意にフィラルドの眼光が鋭いものへと転じたかと思うと、彼はアンジュの顎を掴んで酷薄に目を細めて彼女の目の奥を見据えた。

アンジュはその迫力に竦んでしまう。

「……だ、だって……本当にただ……歌を一緒にと誘われただけで……」

「男の言葉をそのまま鵜呑《うの》みにしないほうがいい。裏にはどんな欲望が隠されているものか分かったものではない。罠《わな》かもしれないと警戒したまえ。君は素直で——あまりにも無防備すぎる」

「……っ⁉」

フィラルドの厳しい忠告にアンジュは顔をしかめる。

「……罠をしかけていらしたのは……フィラルド様ではないですか？」

自分のことは棚上げして——という憤りから思わず反抗的な言葉が口をついて出てきてしまう。

いつもなら心の奥にとどめておいてけしてこういったことは口にしないはずなのに。

これがアルコールの毒なのかと、アンジュは冷や汗を浮かべる。

「ああ、そのとおりだが？」

「っ⁉」

悪びれないフィラルドの返答に血が沸き立つ。

「そんな……もっと早くに忠告してくださったらよかったのに」

「私の罠にならいくらでもかかりたまえ。だが、他の男の罠にはけしてかかってはならない。まあもっともそんなことを許すつもりはないが――」

「っそんな……どうしてそこまで……」

「愚問だ。君は私にとって特別な存在だと何度も伝えてきたつもりだが――それすら疑っているのかね？」

「――っ⁉」

彼の言葉を耳にした瞬間、憤りがアンジュの胸をつきあげてきた。

「私一人って……それは違いますよね⁉　ここのサロンにいる人たちは……みんなフィラルド様が選んだ将来有望な方々なんですよね⁉」

気が付けば、一旦は鳴りを潜めていた黒々とした感情が噴き出していた。

（私ったら……なんてことを……）

正視したくもない醜い思いをあろうことか想《おも》い人に晒《さら》してしまうだなんて。

アンジュは自己嫌悪の奈落の底に溺れてしまいそうになる。

「…………」

フィラルドは押し黙ったまま、アンジュを静かに見つめていた。

しばらくの沈黙の後、彼は落ち着き払った様子で彼女を窘《たしな》めるように言った。

「誤解させてしまったようだが、確かにサロンの会員は私が選んだ若者たちだ。だが、私自ら指導しているのはあくまでも君だけだ——」

「…………」

口だけならなんとでも言える。

先ほどの彼の発言のせいもあり、アンジュは素直に彼の言うことを鵜呑みにしてはならないと思う。

疑惑のまなざしを向けたままの彼女にフィラルドは肩を竦めてみせた。

「ようやく人を疑うことを学んだようで何よりだ」

「え？」

まさか褒められるとは思わず、アンジュは眉根を寄せて目をしばたたかせる。

すると、フィラルドは恐ろしい声色で吐き捨てるように言った。

「そう——誰も信じてはならない。疑ってかからねば足下を掬《すく》われる。そのときに後悔しても遅いのだよ。大切なものすら奪われ、取り返しのつかないことになる」

「…………」

彼の言葉はアンジュに向けたものではなく、誰か別な人間へ向けたもののようだった。

時折、彼が垣間見せてくる異様な殺気には一体どんな秘密が隠されているのだろう？

誰かをこんなにも憎み続けるのは辛くないのだろうか？

さまざまな考えが頭をよぎり、アンジュは胸が苦しくなる。

「……でも、私は……フィラルド様のことだけは信じたいです……例え、罠をしかけられたとしても……嘘をつかれたとしても」

「………」

アンジュのまっすぐな訴えにフィラルドの殺気は鳴りを潜める。

困り果てたような笑いを浮かべたかと思うと、フィラルドは彼女の隣へと腰かけ、葉巻を取り出すと慣れた手つきで火をつけた。

香ばしい煙が闇夜へとゆっくりと溶けていくのに目を細める彼の横顔にアンジュはじっと見入ってしまう。

スイートルームとバルコニーを隔てているガラス越しに、ピアノの演奏にのせたシドの歌声が聞こえてくる。

オペラ座の第二幕——ヒロインがオペラ座の亡霊に誘われて、鏡でできた隠し扉を通じて舞台の奈落へと降りていくときの歌。

アンジュはフィラルドに手を引かれ、奈落へと降りていったときのことを懐かしく思い出しながら彼からの言葉を緊張の面持ちで待っていた。

ややあって、彼はため息交じりに独り言のように呟《つぶや》いた。

「――君はどこまでもまっすぐだな。私のかつての親友によく似ている。私は十年以上も前に彼に同じ忠告をした」

「……そう、だったんですか……」

「ああ、だが残念ながら、人はそう簡単に変わることができるものではない」

彼の声色はいつもとかわらないようだが、無念の響きが感じられる。

だが、それはあくまでも一瞬のことで、フィラルドはいつもの皮肉っぽい微笑《ほほえ》みを口端に浮かべたかと思うと彼女の耳元に熱い息をふきかけながら囁いてきた。

「それにしても――まさか君に嫉妬されるとは思いもよらなかった。なかなか男冥利に尽きるものだな」

「っ⁉　ち、ち、違い……ますっ！」

アンジュは顔を真っ赤にして慌てて首を左右に振る。

しかし、フィラルドは余裕の笑みを崩さない。彼女の全てを見通しているとでもいうかのように。

（……たぶん……フィラルド様の仰《おつしや》るとおり……）

だが、それを認めるわけにはいかない。認めてしまえば――今までの関係が崩れてしまいかねない。

（別にフィラルド様は私のことなんてなんとも思っていないのだもの。私が一方的に憧れているだけで……そんなの迷惑に決まっている……）

フィラルドと自分は年も立場も身分も何もかもがかけ離れている。あまりにもつり合いがとれていない。

胸がきつく締め付けられ、アンジュは苦しそうに顔を歪《ゆが》める。

いくら恋人のように丁重に扱われたとしても、けして勘違いしてはならない相手に恋をしてしまい、あまつさえ嫉妬すらしてしまうなんて。

「――違うのかね？」

「……え、ええ」

「嘘はいけない。こんなに頬を染めておきながら――困ったお嬢さんだ」

「っ⁉　そ、その台詞《せりふ》、そのままお返しします！」

「――確かに。私のほうが君を困らせてばかりいるが」

甘い響きを伴った意地悪な囁きから必死に逃れようと顔を背けあるアンジュだが、フィラルドは彼女の肩を抱き寄せて逃そうとしない。

それでもなおも諦めずに身を捩《よじ》る彼女の首筋へと歯を立てた。

「――っ⁉」

アンジュは大きく目を見開くと、びくんっと身体を痙攣させ――やがて、観念したように全身の力を抜いた。

（ああ……駄目……噛まない、で……）

吸血鬼に牙を立てられたかのように彼の腕の中で身体を甘く痙攣させながら、熱いため息を解き放つ。

彼の声、仕草、囁き――それら全てが官能的で感じずにはいられない。

まるでフィラルド自身が媚薬《びやく》のように、たちまち理性を麻痺《まひ》させていく。

「君のような可愛《かわい》らしいお嬢さんはどうも困らせたくなるものでね――」

「私だけ……いつも……困らされてばかりで……ずるい、です……」

喘《あえ》ぎあえぎ紡ぎ出されるアンジュの訴えに耳を傾けながら、フィラルドは彼女の首筋に舌を這《は》わせていく。

(ずるいだなんて……駄々《だだ》っ子《こ》みたいな言葉……きっと呆《あき》れられたに違いない……)

強い自己嫌悪に駆られる。きっと冷ややかな言葉で遠ざけられるに違いない。

だが、フィラルドは低い笑いを噛み殺しながら彼女の手をそっと握りしめてきた。

「――君だけか。これでもまだそんなふうに言えるのかね？」

「っ⁉」

突如、熱くて硬いものへと触れさせられてアンジュはハッと身をこわばらせた。

(な、何……これ……熱、い……)

「君ばかりではない。私も君にはつくづく困らされているのだよ――ただ君のためを思って自制しているだけに過ぎない。これで伝わったかね？」

「っ！」

（これ……って……フィラルド様、の……）

恐ろしい可能性に気が付くや否や、アンジュの胸を熱い矢が穿《うが》つ。

（困っていたのは私だけじゃなかった？　それってもしかして……）

さらなる甘い可能性に胸が轟くが、その思いを噛みしめている余裕はとても残されていなかった。

「君だけが困らされるのはフェアではないというのならば、今回は君が私を困らせてみてはどうかね？」

「っ⁉」

フィラルドはそう言いながら、彼女の手に自身の化身を握らせた。

「――駄目、です……こんなところでは……とても……」

「構わない。私がサロンのオーナーだ。全ての権限は私にある。存分に乱れたまえ」

「っ⁉　や、あ……そんなっ……無理です……っン……あぁ」

言葉半ばで優しく唇を塞がれてしまい、アンジュは身震いした。

「ン……ンン……は、あぁ、ン……」

蕩けるようなキスに眩暈《めまい》を覚えながら、彼に導かれるまま雄々しい肉槍をこすらされる。

あまりにも淫靡《いんび》な行為にアンジュは熱で浮かされたようになってしまう。

何かとてつもなくいけないことをしているような気がして――気が気ではない。

バルコニーの闇に紛れて、こんなにも淫らな行為をしていることが信じられない。

（ああ……どうしてこんなこと……）

眉根を寄せて苦しそうに仮面越しにフィラルドを見つめるも、彼はかまうことなくより大胆に彼女の手をスライドさせていく。

手の中で灼熱の肉棒はよりいっそう力強さを増していき、アンジュの妖しい気持ちに拍車がかかる。まさか身体の一部が別の生き物のように動くとは思いもよらなかった。

「……っあぁ……いけ、ま、せん……」

「いけないと言いながら、自ら手を動かしているのはなぜかね？」

「っ⁉」

気がつけば、フィラルドの手は離れていた。

にもかかわらず、アンジュの手は献身的に肉槍をより逞《たくま》しく育て続けていたのだ。

「これは……その……」

慌てて手を離すアンジュを愉しげに眺めながら、フィラルドは彼女を挑発的なまなざしで射抜いた。

「――もう仕舞かね？」

「い、いえ……まだ……」

反射的にそう答えてしまい、アンジュは彼の誘導にかかってしまったことを知る。慌てて訂正しようとするも時すでに遅し。

フィラルドはニヤリと笑うと、「ならば、ここにキスをしたまえ――」そう言って彼女の頭を股間へと埋めさせたのだ。

「っ⁉」

足の付け根からそそり勃起《た》つ獰猛《どうもう》な肉茎が間近に迫り、アンジュは息を呑んだ。咄嗟《とっさ》に目を逸らしてしまうも、まるでそれは磁力でも発しているかのように彼女の目を引き寄せる。

（こんな恐ろしいものに……キスをするなんて……）

本能的な恐怖がこみ上げてくるが、同時に背徳的な興奮が胸の奥で肥大していく。

アンジュは恐るおそる肉槍に両手を添えると、顔を近づけていった。

先端は粘膜が露出して一滴の露をまとっていた。いきなりそこにキスをするのはためらわれて、肉茎のほうへとそっと口づけてみる。

「……っ」

フィラルドの息がわずかに乱れ、アンジュの胸はとくんっと甘く脈打つ。

もっと――彼を乱れさせたい。そんな恐ろしい欲望がこみ上げてきたかと思うと、アンジュは勇気を出して先端へと口づけてみた。

と、そのときだった。

フィラルドが彼女の頭を掴んで引き寄せたかと思うと、肉棒を口中へと突き立てる。

「ンっ⁉　ンンンンッ！」

太いもので喉奥まで一気に貫かれ、アンジュは堪らずくぐもった声をあげてしまう。

誰かに気づかれてしまったかも⁉

心臓がどくどくと恐ろしく早い鼓動を刻み、血の気が引く。

だが、バルコニーへ誰かがやってくる気配はない。

どうやらかろうじて誰にも気づかれなかったようだ。

だが、安堵の息をつく間もなく、フィラルドはドレスの裾をたくしあげていく。

「ッ……ン……ンン？」

剛直を咥えさせられたまま、驚きに目を瞠るアンジュ。

刹那、ひやりとした感覚が下着の薄布越しに熱く火照った秘所へとあてがわれ身体を硬直させる。

（まさ……か、こんな状態で⁉）

「ンむ……ンン、ンンンン……」

必死の形相で辞めてほしいと嘆願するも、口を肉棒で塞がれているためうめき声しか洩《も》らすことができない。

「早く挿《い》入れてほしいとねだっているのかね？」

フィラルドはわざとアンジュが願っていることと真逆のことを言うと、手にした杖《つえ》の柄《え》を下着の隙間から中へと滑り込ませていく。

いつも膣内に仕込まれているものと寸分たがわない塊が、興奮にうねる媚肉を深々と穿っていった。

のみならず、膣内を掻《か》き回すような動きを見せたのだ。

「ンッ！　はぁはぁ、ンンぅうううぅ……」

ただ挿入《い》れられるだけではなく、杖はフィラルドの手の動きに従って愛液に満ちた肉壁をじっくりと解《ほぐ》していく。もう片方の手で彼女の頭を上下させるタイミングに合わせながら――

「ちゅ……ンン……っふ……はぁ、あぁあ……ン……」

こんなふうにされると、つい想像してしまう。

杖ではなく口の中の雄々しいものが自分の秘所を責めていることを。

（あぁぁ……私ったら……なんていやらしいことを考えて……）

アンジュは自己嫌悪に襲われて苦しそうに彼を上目使いで見つめた。

その次の瞬間、彼が確信犯だと悟る。

流し目をくれるフィラルドの口端には、意地悪な微笑みが浮かんでいたのだから。

全ては彼の罠――分かっているはずなのに、何度も縛《いまし》められてしまい翻弄される自分が悔しくてならない。

と、そのときだった。

アンジュは股間への責めが時折緩むことに気がつく。

それはどうやら彼の半身が口腔内の粘膜をこすりあげるときのようだった。

彼の責めを牽制するために、アンジュは懸命に頭を動かし始めた。

すると、フィラルドの息遣いがさらに熱を帯びていく。

「その調子だ。なかなか上手だ——」

フィラルドは自らの股間で上下するアンジュの頭を撫でながら長い息をついた。

わずかに上ずった彼の声に触発され、アンジュはよりいっそう熱心に肉棒に舌を絡め吸い上げていく。

（変な……気持ち……）

いつ他人に見られるか分からない場所で恐ろしく淫らな行為を強要されているはずなのに、けして嫌だとは思えない。

むしろ、もっとフィラルドを乱したい。そんな衝動すら覚えてしまう。

湿った淫らな音がバルコニーの静けさを破っていた。

いつしか二人は闇の中で互いへの奉仕に没頭していく。

だが、懸命に唇の奉仕を続けていくうちに、不意にフィラルドの責めが中断するどころか逆に激しさを増し始めた。

（嘘っ⁉　牽制のはずだったのに……余計激しく⁉）

同じく責めを牽制するためだと知り、愕然《がくぜん》とするももはや手遅れだった。

肉棒が口中を侵すのに負けじと、じゅっじゅっという湿った音と共に彼の杖が奥を猛然と衝いてくる。

（あ、あ、あぁああ……奥に振動が……響い、て……）

「ン……っふ、ンン、っく……」

喉奥から淫らな声が出てきそうになるが、はちきれんばかりの怒張で口の中を責められているため、嗚咽のような声にしかならない。

苦しさのあまり何度もえづいてしまいそうになるが、フィラルドに支配されている実感ゆえにかろうじて我慢できる。

上下二つの穴を激しく責められ、アンジュは愉悦の階段を駆け上がっていく。

程なくしてついに息苦しさがピークに達し、同時に恐ろしいほどの絶頂が爆《は》ぜた。

（あああっ……も、もう……）

「ッ！　ンンンンン！」

アンジュは全身を波打たせながら達してしまう。

「……っ」

フィラルドもまた低く呻くと彼女の頭を掴んで目を細めた。

次の瞬間、アンジュの口の中にしょっぱ苦い液体が解き放たれる。

「ン……っふ……ぅ⁉」

昇りつめた余韻に浸る間もなく、驚きに目を見開くアンジュの口を粘ついた精液が蹂躙していった。

アンジュの口端から白く濁った液体が滴り落ちていく。

むせ返るような雄の香りに酔わされたアンジュは陶然とした面持ちで全てを受け入れる。

肉壺は幾度となく杖をきつく締め付け、つなぎ目からは大量の蜜潮が溢《あふ》れ出《で》ていた。

二人の乱れた息が交わり、バルコニーの闇へと溶けていく。

しばらくして、フィラルドがアンジュの口と秘所から同時に半身と杖を引き抜いた。

行き場を失っていた精液と愛液とが外へ溢れ出てきてしまい、官能的な芳香が強く香る。

と、そのときだった。

不意に人の気配がして、アンジュは青ざめ身を固くする。

すると、フィラルドは咄嗟に彼女のドレスの裾を元通りにし、シルクチーフでアンジュの口元と半身を拭うと何事もなかったかのように身なりを整えた。

そして、最初から酔ったアンジュに膝枕をして介抱していたかのように、背中を優しくさすってくる。

バルコニーに現れたのはシドと彼の友人と思《おぼ》しき青年だった。

二人はフィラルドとアンジュに気が付き遠慮がちに会釈をすると、少し離れたソファへと腰掛けて友人と談笑を始める。

なんとかギリギリのところで気がつかれずに済んだようだ。

アンジュは深いため息をつくと、フィラルドの膝の上から彼を上目使いに甘く睨《にら》む。

だが、フィラルドは何食わぬ顔で肩を竦めてみせると、口端に満足そうな笑いを浮かべて彼女へと囁いてきた。

「――嫉妬したのが君だけだと思うのかね？」

「っ⁉」

（まさか……フィラルド様も嫉妬してくださって⁉）

驚きと喜びに胸が躍る。

アンジュは唇を尖らせると弁解した。

「別に……嫉妬されるようなことは……何も……」

「ああ、分かっている。それでもすぐさま君を城に連れ帰り独占してしまいたかった。私だけのために淫らな歌声を奏でさせたかった」

「──っ⁉」

こんなふうに真っ向から欲望をぶつけられるのは初めてのことで──アンジュの胸は妖しく高鳴った。

（フィラルド様が……私のことをそんなふうに……）

それは一体どういう意味なのだろう？

少しは期待してしまってもいいのだろうか？

絶頂とアルコールの酔いで蕩《とろ》けきった頭は一向にはたらかない。

アンジュは火照った頬を両手で覆うと、視線を落ち着かなく彷徨《さまよ》わせる。

そんな彼女の頭を優しく撫でながら、フィラルドは言葉を続けた。

「なんなら、皆の前でいつものレッスンを──とも思ったものだが」

「っ⁉　そんな恐ろしいこと……だ、駄目です！」

とんでもないことを平然と語る彼にアンジュは小声で抗議する。

「——さすがにまだ早いと思ってやめておいた」

「……早いとか、遅いとかそういう問題ではなくて」

憮然とした表情で呟《つぶや》くアンジュだが、つい想像してしまい熱いため息をつく。いつものあの淫らなレッスンを人前で披露するなんて正気の沙汰ではない。

だが、先ほどの今までになく激しい行為に到った理由がようやく理解できた。

（まだ胸がドキドキしている……）

アンジュは胸を押さえるとフィラルドに膝枕をされたまま身震いした。

すると、フィラルドは彼女へと流し目をくれてこう告げたのだった。

「帰ってからのレッスンは覚悟したまえ——」

と。

今までとは何かが違う。

アンジュは期待と不安に慄《おのの》きながらも、ぎこちなく彼へと頷《うなず》いてみせた。

第五章

（なんだか……懐かしい）

オペラ座の秘密の奈落にて。アンジュは初めてフィラルドにここへ連れてこられたときのことを懐かしく思い出していた。

フィラルドに支えられながら、緩やかな螺旋《らせん》階段を一歩ずつ降りていったとき——恐ろしい予感に生きた心地がしなかった。

まだ一ヶ月と少し前のことなのに、はるか昔のことのように思える。

今までこんなにも濃密な日々を過ごしたことはなかったからかもしれない。

フィラルドとのレッスンはサロンを訪れた日を境により過激さを増していた。

そんなレッスンを重ねていくたびに、アンジュは互いの思いが静かに通い合っていくような気がして、しみじみと幸せを噛みしめるようになっていた。

言葉にして思いを確かめ合った訳ではないが、折に触れて互いを思い合っていると感じることが増えている。

少しは大人になれたのだろうか？　彼に近づけたのだろうか？

そんなことを思いながら感慨に耽るアンジュへとフィラルドが告げてきた。

「ここに来たのは他でもない。『オペラ座の亡霊』の公演が二週間後に再開されるという情報が入ってきたものでね。今日からホールを使った練習が行われる予定になっている」

「――っ⁉」

アンジュは驚きのあまり息を呑んだ。

（どうして……そんな情報を⁉）

そういえば、と、サロンで彼が席を外したときのことを思い出す。もしかしたらあの場所はそういった情報提供の場としても機能しているのかもしれない。

サロンの一員にオペラ座の運営にかかわる人物がいてもおかしくはない。

なにせフィラルドはオペラ座と自分の城を秘密の地下通路でつないでしまうほどの力を持っているのだから。

（それで……どうなさるつもりなのかしら……）

いよいよ復讐《ふくしゅう》を果たすときが近づいてきているのかもしれない。

だが、その方法はいまだに知らされていない。

アンジュは仮面越しに彼の目を見つめて何を考えているのか探ろうとするも、そのクールなまなざしからはいつもと変わらず何の手がかりも得られない。

しかし、先ほどの彼の声色にはいつになくどこか暗い影が差しているような気がして、やけに気になってしまう。

（……どうかされたのかしら？）

いつもと違う。しかし、その理由までは分からない。

彼曰《いわ》く「不完全なオペラ」の再開を苦々しく思っているからだろうか？

様々な憶測が入り乱れて胸を掻き乱してくるものの、それらどれもが正しいように思えるし、また間違っているようにも思える。

だから、アンジュは神妙な面持ちで、黙ったまま彼の言葉の続きを待つことにした。

「――よりによって今日とはな」

フィラルドは忌々しげに呟くと、前髪を掻きあげて深いため息をついた。

珍しく苛立ちをあらわにする彼に、アンジュの不安はよりいっそう掻き立てられる。

（今日は何か特別な日なのかしら？）

首を傾げて考えを巡らしてはみるものの、ミステリアスな彼の情報はいまだにあまりにも少なすぎて見当もつかない。

と、そのときだった。

「――っ⁉」

突如、雷《いかずち》のような衝撃がアンジュの全身を貫いた。

（ああ……音が……すご、い……降ってくる……）

オーケストラの奏でる演奏がはるか頭上の彼方《かなた》から降ってきたのだ。それは『オペラ座の亡霊』の第一幕のアリア。

アンジュは目を閉じると、音の洪水に誘われるようにアリアを歌い始めた。

一度ボックス席で耳にしただけだったが、メロディと歌詞の全ては覚えている。自然と口をついて歌が出てきた。

瞼《まぶた》の裏には舞台の上でアリアを歌う自分の姿があった。

（いつかあんなふうに歌えたなら――どんなにか素敵かしら……）

かつて無邪気に夢を追っていた頃のように胸が高揚し、身体が顔が熱く火照る。

奈落の中央で心地よさそうにアリアを歌いあげていくアンジュ。

その真ん前に置かれた背もたれつきのアンティークに腰かけたフィラルドもまた薄く目を閉じ、ひじ掛けにおいたほうの指揮棒を持った手を優雅に操りながら、彼女の歌声に耳を傾けている。

（……いつの間に……こんなに心地よく歌えるようになっていたのかしら……）

アンジュは信じられない思いでのびのびと歌声を解き放っていく。

ただ歌うことだけに没入する快感に身を委ねながら。

（心地いい……）

しばらくして、アリアを一曲全て歌いきった後、アンジュはしばし茫然《ぼうぜん》となってその場に立ち尽くしていた。持てる力の限りを尽くしてアリアを一曲歌いあげることができた感動の余韻に浸りながら。

以前の自分だったら、舞台にあがった自分の姿を想像するだけで、緊張と慄《おのの》きのあまり声が竦《すく》んでしまったに違いない。

　今までの自分とは違う。

　アンジュは確かな手応えを得ていた。

　今なら——きっと舞台の上でも、ありのままの自分で歌えるに違いない。

　肩を上下させながら、アンジュはフィラルドを見た。

　すると、フィラルドは彼女へと拍手を送る。

「素晴らしい。君の『天使の歌声』は解き放たれた。まだ完全ではないが——この短期間のうちにここまで歌えるようになっていれば上出来だ」

「信じ……られません……」

「だが、事実だ」

　迷いのない彼の断定にアンジュの胸は躍る。

「フィラルド様のおかげです……」

「私はただ囚われの姫を縛めていた鎖を断ち切っただけにすぎない。これが本来の君の実力というだけのこと。確かに——才能もあるだろう。しかし、君はそれに慢心することなくひたむきに自分を磨き続けていた。違うかね？」

「……っ」

　まるで出会う以前から自分を知っているかのような言葉にアンジュは息を呑んだ。

（そんなことまでご存じだなんて……）

ストイックに練習をしてきたのは他の誰のためでもなく自分のため。

だが、それを知ってくれている人が一人でもいるということがこんなにもうれしいことだとは思わなかった。

彼のたった一言で今までの辛い記憶が洗い流され、報われたような気になる。

気が付けば胸がいっぱいになって涙がこみ上げてきていた。

その涙が今までアンジュの奥底で巣くっていた不安をもさらに洗い流していく。

「ありがとう……ございます。私を……救ってくださって……なんとお礼を言ったらいいか。またこんなふうに歌える日がくるなんて夢みたいです……」

一点の曇りもない微笑みを浮かべて、アンジュはフィラルドに感謝を述べた。

（あの事故のトラウマにあれだけ悩まされていたのが今では嘘《うそ》みたい……）

長い間、舞台に立つたびに事故の記憶が生々しく蘇《よみがえ》り、身も竦むような恐怖と緊張に襲われて思うように歌うことができなかった。

再びシャンデリアが頭上に落ちてくるような気がして――怖くてならなかった。

あのときのことは思い出したくもないし、口にすることさえできなかったのに、その記憶は悪夢のように幾度となく蘇っては、アンジュを絶望の奈落へと突き落としてきた。

アンジュは静かに目を閉じてあの恐ろしい事故を改めて振り返る。

パリシア音楽大学の卒業公演のオペラにて主演に抜擢され、オペラ歌手としての輝かしい将来を約束されたも同然だった。その公演は多くの業界関係者が有望な若者をスカウトするために足を運ぶことで広く知られていた。

夢を叶《かな》える瞬間がすぐそこにまで迫っている。

希望に胸を膨らませ、持てる全ての力を出し切ってアリアを情熱的に歌いあげた。

だが、そのときだった。

拍手の渦に包み込まれた瞬間、天井のシャンデリアが突如降ってきたのだ。

幸い直撃は免れることはできたが、シャンデリアが床に砕け散った凄《すさ》まじい音とその衝撃に気を失ってしまった。

気が付いたときには病院に運ばれていて手当を受けていた。

生死にかかわるような大けがはしなかったものの、声を出すことができなくなっていた。

医師の診断ではショックによる一過性のものだという話だったが、夢を叶える直前で突如声を奪われてしまったのだ。

卒業公演で歌うことができたのはたった一曲。それはあまりにも短すぎる栄光だった。

「もう君を長い間縛り続けていた鎖は断ち切られたようだな」

フィラルドの言葉に我に返ると、アンジュはしっかりと頷いてみせた。

以前、彼に思うように歌えない理由を尋ねられたときには答えられなかったが、きっと今ならあの事故のことを打ち明けられそうだ。

アンジュは意を決すると口を開いた。

「実は、音大の卒業公演の最中に事故に遭ってしまって……そのショックでしばらく声がでなくなったことがあったんです」

「――二年前のパリシア音大の事故かね？」

「はい……」

「そうだったのか。私はちょうどウィーンで行われる音楽祭のためにパリシアを離れていて、残念ながらその公演には足を運ばなかったのだよ。君ともっと早くに出会う好機を逃していたとはな。私がその場にいれば――君の苦しみを分かち合えたものを」

「ありがとうございます。そのお気持ちだけで……十分すぎます」

彼の優しい言葉にアンジュの胸は甘く高鳴る。

「さぞかし辛かっただろう――」

「はい……とても……でも、私の母もオペラ歌手でしたが病気で声を奪われ、姿を消しました。母と同じ立場に立たされてようやく母の気持ちが分かったので悪いことばかりでもありませんでした」

まるで姉のルルーのように前向きな言葉が自分の口から紡ぎ出されていくことが不思議でならない。

「じきに失語症も治りましたし。でも、事故がトラウマになってどうしても以前と同じようには歌えなくなって……また同じような事故が起こるんじゃないかって舞台が怖くて怖くて……それでも夢を諦めきれなくて……」

たどたどしい口調ではあったが、今までずっと胸の奥に秘めてきた辛い記憶をようやくこうして口にすることができてアンジュは感無量だった。

しかし、その喜びに浸る間もなく、「事故か——」というフィラルドの意味深な口調に心臓がぎしりと軋《きし》む。

フィラルドは深いため息をつくと言葉を続けた。

「単なる事故では声を失うほどのショックは受けない。だが、それが仕組まれたものだとしたら——他人を疑うことを知らなかった君が壊れてしまったことも頷ける」

「……っ⁉」

彼のあまりにも鋭すぎる推察にアンジュは息を呑み、しばらくの間何も言葉を発することができなかった。

それは、今まで誰にも言えずにいたことだった。

実は、あの事故には不自然なところがいくつもあった。それでも疑いたくなかった。誰かが自分を妬《ねた》み事故を仕組んだなんて……。

だが、フィラルドは真実からけして目を背けずにアンジュへと突き付けてきたのだ。

「フィラルド様は……本当に勇敢で……なんでもご存じなんですね……」

アンジュは彼をまぶしそうに見つめ、嗚咽をこらえながらそう言うだけで精一杯だった。

フィラルドは皮肉めいた微笑みを浮かべると肩を竦めてみせる。

「伊達に君より一回りも長く生きていないものでね——」

「なんだか……私よりも私のことをご存じのような気がします」

「——それは否定しない。私にとって君は何よりも大切な存在だ。君の全てを知り、望みを叶えることこそが私の願いだ」

「………」

ひたむきかつ情熱的な言葉は愛の囁きのようにしか聞こえない。これほどまでに献身的な愛を注ぐことができる人がどれだけいるだろう？

（私も……フィラルド様みたいになることができたなら……）

愛を注がれるだけでなく、注ぐことができたなら——そう強く願う。

「何から何まで……本当にありがとうございます……いつもしていただいてばかりで、私からはまだ何も差し上げられていなくて……申し訳ないです」

「勘違いしてもらっては困る。アンジュ、君はすでに私に希望を与えてくれた。十年もの間、失望に辟易《へきえき》としていた私にとって、いかに君の『天使の歌声』が救いとなったことか」

椅子に腰かけたまま、フィラルドはアンジュに向かって両手を広げてみせる。

アンジュは気恥ずかしそうに笑み崩れながら歩いていくと、促されるまま彼の胸へと身を預けていった。

フィラルドはアンジュを抱きしめると、その頭を撫でながら囁いた。

「もう大丈夫だ。もはや君の歌声を縛るものは何もない。じきに君は『おしまいのアリア』も歌うことができるようになるだろう」

「——頑張ります」

いつの間にか彼の夢が自分の夢にもなっていることに気が付いたアンジュは、強い決意を胸にそう誓う。

（フィラルド様のためなら……なんだってできそう……）

復讐に加担するなんて恐ろしいこと、とてもできそうにないと思っていたかつての自分が嘘のようだった。

恋愛はこんなにも人を変えるものなのかと、少し恐ろしくも思う。

「もはや、君は自由だ。何ものも君を捕えるものはない」

そう言うと、フィラルドは彼女のドレスの裾から中へと手を差し入れていく。

「っ⁉」

身を固くするアンジュに構わず、慣れた手つきで彼女のショーツの中へと手を忍ばせ、花弁の奥に仕込んでいたものを取り出した。

「……っ⁉　あっ！」

彼の手で淫らな塊を引き抜かれる瞬間、アンジュはぶるりと身震いして甘い悲鳴をあげてしまう。

栓を抜かれ、奥にとどめられていた蜜がとろりと溢れ出してきて、彼女の内腿《うちもも》とフィラルドのズボンを濡らしていく。

「もはやこれは必要ない」

もうこれで淫らな衝動に苛《さいな》まれ続けることはない。

この瞬間をどんなにか望んでいたはずなのに――

アンジュは複雑な表情で眉根を寄せると、唇をきつく噛みしめた。

身体の奥深くにぽっかりと穴が開いたかのような気がして落ち着かない。

（いつの間に……こんなふうに……）

フィラルドのレッスンは確かに歌声を解き放ってくれたが、同時にいつしか別な意味で自分を縛めてもいたのだ。

そう気づくや否や、アンジュの胸は切なく締め付けられた。

（……全てを……フィラルド様に支配されていたい……）

まさか自分にこれほどまでの激しい感情が眠っていたとは思いもよらなかった。

アンジュは熱のこもったまなざしで、フィラルドをじっと見つめる。

フィラルドもまた仮面越しに彼女を情熱的に見つめ返す。

自然とどちらからともなく引き寄せられるかのように唇を重ねていった。

「……ン」

いつくしむような優しいキスにアンジュは身を委ね、陶然と目を細める。

互いに見つめ合い、幾度となく唇を合わせるたびに息が乱れていく。

どこまでも甘いキスはどんな愛の囁きよりも雄弁だった。何も言わずとも、こうしているだけで心が通い合っていくような気がする。

そうであればどんなにいいか――アンジュはフィラルドへの想いの丈を込めて、徐々に大胆さを増していく彼の口づけに懸命に応じる。

「ンン……ン……っふ……」

柔らかな湿った舌は、互いを渇望するかのように熱烈に絡み合っていく。

(ああ……フィラルド様……愛しています。誰よりも……)

彼に全てを曝《さら》け出すことができて、ようやく自分の気持ちに素直に向き合うことができたような気がする。

どれだけそうしていただろうか？

唇が痺れきって感覚がなくなってしまうほどの長いキスの後、フィラルドはようやく彼女の唇を解放すると、深く重いため息をついた。

その獣のような獰猛なため息にアンジュの胸は反射的に高鳴る。

このまま貪《むさぼ》られてしまうかもしれない。そんな甘く淫らな予感が否が応にも高まる。

キスだけで数えきれないほど達してしまったアンジュは、彼の腕の中で余韻に全身を甘く痙《けい》攣《れん》させつつ、全てを彼に支配される瞬間を思い描いていた。

だが、フィラルドは彼女の額《ひたい》に口づけると、押し殺した声でこう告げてきた。

「――さあ、休憩はここまでにしておこう」

「……っ⁉」

まさかのキスの中断がアンジュの感じやすい心を傷つける。

(どうして……)

フィラルドが自らを律しているのは明らかだった。仮面越しのその双眸《そうぼう》は飢えた獣のようにぎらついているのだから。


それでも、理性を奮い立たせてキスを中断したのはなぜだろう？

アンジュは苦しげに顔を歪めると彼の膝から降りていく。

（私の気持ちはもうご存じのはずなのに……）

サロンでの一件以来、彼との距離は明らかに縮まっていたはずで。先ほどのやりとりでその距離はさらに縮まり、無きに等しいものとなっていたはず。それなのに――

アンジュは複雑な思いで奈落の中央に置かれた譜面台へと戻っていった。

その際、一度だけちらりとフィラルドのほうを盗み見る。

「…………」

フィラルドはひじ掛けにもたれかかるようにして、険しい表情でどこか遠くを見据えていた。心ここにあらずといったふうに。

アンジュはいつになく物憂げな彼の姿がやはり気になって仕方がない。

（理由が分かれば……何か力になれることも見つかるかもしれないのに……）

複雑な思いで譜面台に向き合ってはみたものの、フィラルドの様子が気がかりでなかなかレッスンに集中できそうもなかった。

ж　ж　ж

奈落でのレッスンを終え、食堂でフィラルドと一緒に夕食を済ませた後、アンジュはニコラスに伴われて自室へと戻ってきた。

後は湯浴みを済ませて寝るだけ――

(駄目だわ……フィラルド様のことが気になって……なんにも手がつかない……)

レッスンは散々だった。

いつもなら比較的楽に歌えるところすら、納得のいかない出来だった。

にもかかわらず、今日のフィラルドは何も指摘せず、いつものスパルタ的な特訓もおこなわなかったことがアンジュの不安をさらに掻き立てていた。

(やっぱり……何かあったに違いないわ。私に何かできることがあればいいのに……)

そう思うも、原因が分からなければどうしようもない。もどかしい思いにため息ばかりついてしまう。

アンジュはずっと返しそびれていたハンカチを取り出すと、ぎゅっと握りしめてフィラルドへと思いを馳せた。

そのとき、いつものように分厚いカーテンを閉め終えたニコラスが、浮かない面持ちのアンジュへと告げてきた。

「では――わたくしはこれにて失礼致します。メイドを寄越しますので湯浴みをなさってご就寝くださいませ」

常に自身の仕事と役割とに忠実な彼は、それ以外の無駄を嫌う。

だが、アンジュは意を決して彼を引き留めた。

「あの……ニコラスさん、ちょっといいでしょうか？」

「……はい？」

あからさまに迷惑そうに睨まれて、そのますますごすごと引き下がってしまいそうになる気持ちを必死に奮い立たせて言葉を続ける。

「え、えっと……その、少しだけ聞きたいことがあるのですが……」

「…………」

長い、長い沈黙の後、ニコラスは長いため息をつくと、苦々しい口調でいかにも渋々といったふうに重い口を開いた。

「──いかがしましたか？」

「あの、今日って……フィラルド様にとって……何か特別な日なんでしょうか？」

「……なぜそう思うのですか？」

少し間が空いたこととニコラスの声に警戒しているような響きが混ざったことにより、アンジュは自分の勘が正しかったようだと察する。

「フィラルド様のご様子が……その、いつもと違っているふうだったので。やけに声が沈んでいらして……気になっていて……」

「……声が、ですか？」

「はい……」

「…………」

ニコラスは顎に手をあてると、眉間に深い皺を寄せて渋い表情で何かを考え込んでいる様子だった。

そのただごとならぬ彼の様子にアンジュは戸惑う。

よほどの事情があるのだろうか？　それはあまりにも長い沈黙だった。

（……やっぱり……聞かないほうがよかったかしら）

アンジュが沈黙に耐えかねて後悔し始めたそのときだった。

「残念ながら、私の口からは申し上げられません」

沈黙よりもさらに重い声色でニコラスは告げてきた。

「そう……ですか……」

やはり駄目だったか――と、アンジュはうなだれる。

駄目で元々という気持ちもあったため素直にそのまま引き下がろうと思う。

だが、ニコラスは、「ご自分の目で確かめていらしてはいかがですか？」と、驚くべきことを口にしたのだ。

「っ⁉」

驚きのあまり、アンジュは言葉を失う。

「もっとも、その結果には責任をとりかねますが――」

どこか油断ならない彼の警告に緊張するも、アンジュは迷わず答えた。

「構いません……」

「誰にでも触れられたくない領域というものはあります。手負いの獣の傷をわざわざ抉るような真似はなさらないほうが賢明かと」

「………」

なおも忠告を重ねてくるニコラスの意味深な言葉に胸がざわめく。

手負いの獣——それは、いつもまったく隙がない紳士としての振舞いに徹するフィラルドが時折垣間見せる獰猛な一面、ミステリアスな雰囲気を端的に表す言葉に思える。

果たして得体の知れない陰を背負ったフィラルドの触れられたくない領域を侵す権利が自分などにあるのだろうか？

あまりにも淫らで苛烈なレッスンの際に彼の顔に浮かぶ凄絶なまでにくるおしい表情が脳裏に蘇《よみがえ》り、アンジュは恐ろしさのあまり身を震わせた。

彼の逆鱗に触れてしまえば、どうなってしまうか分からない。いまだにフィラルドには得体の知れない一面が隠されたまま。

ニコラスの忠告を受け入れてこのまま引き下がったほうがいいに違いない。

彼がここまで言うということはよほどの事情があるのだろう。

しかし、アンジュは仮面の下に隠された本当の彼を知りたいという思いを押しとどめることはできなかった。

彼のハンカチを強く握りしめると、勇気を奮い立たせて食い下がる。

「ですが、どこに傷を負っていらっしゃるか分からなければ……癒《いや》してさしあげることもできませんし」

「…………」

一瞬だけ、ニコラスは目を見開くと言葉を失ったようだった。

そして、理解しかねるといったふうに首を力なく振りながら冷笑を浮かべてみせる。

「──貴女《あなた》にフィラルド様の傷を癒せると?」

「……分かりません……でも、そうできたらいいなとは……思います」

「なぜですか？」

「お返しみたいなもの……だと、思います……夢を諦めるギリギリのところで私を見つけてくださったのはフィラルド様でしたから……」

「…………」

訝し気な表情でニコラスは腕組みをすると、眉間の皺を指で揉《も》みほぐしながら深いため息をついた。

「不思議な方ですね。さすがはフィラルド様が見込んだ方とでも申しますか……」

いつもと変わらない慇懃無礼な口調だが、心なしか声が和らいだ気がする。

「……そこまでおっしゃるのであれば、ご案内致しましょう。フィラルド様の元へ」

そう言うと、ニコラスは胸に手を当ててアンジュへと深々と一礼してみせた。

その目がかすかに濡れているように感じられて、アンジュは見てはいけないものを見てしまったかのように目を逸らした。

ж　ж　ж

濃い闇の中、うっすらと霧がかかっていて、どこかこの世ならぬ不気味な雰囲気を醸し出している。

ニコラスの運転する車が停まったのは、郊外に位置する墓地だった。

（ここは……墓地？）

真夜中、無論人気《ひとけ》は皆無。

耳が痛くなるほどの静けさにアンジュは鳥肌立つ。

（本当にここにフィラルド様がいらっしゃるのかしら？）

不安に思いながらも、アンジュはニコラスの手を借りて後部座席から降り立った。

冷ややかな空気が肌に沁《し》みてきて、思わず身震いする。

ニコラスはアンジュを一瞥《いちべつ》すると何も言わずに再び運転席へと戻ってしまった。

（ここからは私一人で行かなくてはならないということね……）

緊張の面持ちでアンジュは深い呼吸を繰り返して、今にも恐怖に竦んでしまいそうな心をいったん落ち着かせようとする。

しかし、心臓は嫌な予感に轟き一向に落ち着く気配がない。

このまま置き去りにされてもおかしくない。ニコラスが自分を良くは思っていないのは明らかなのだから。

さまざまな不安が胸を激しく掻《か》き乱《みだ》してくるが、この状況を望んだのは他でもない。自分なのだと自身に言い聞かせたアンジュは、フィラルドのハンカチを握りしめて墓地の門を潜り抜けていった。

一歩中へと足を踏み入れるや否や、冷たい空気が急に質量を持ち、ねっとりとまとわりついてくるかのように思えて身を硬くする。

黒い鉄製の門はまるでこの世とあの世とを隔てているかのようだった。門をくぐり抜けた瞬間、血が凍ったかのように思え生きた心地がしない。ぎこちなく震える奥歯が耳障りな音をたてている。

霧がかかった暗がりには、十字架を模した石碑がずらりと並んでいた。

これら全ての下に死者が眠っていて、その眠りを妨げているのは他ならぬ自分だと思うだけで恐怖に拍車がかかる。

幾度となく引き返そうと思ったが、アンジュはカンテラとハンカチとを手に、じりじりと墓地の奥を目指していく。

フィラルドの姿だけを一心に探し続けて――

ж　ж　ж

恐ろしく冷たい死の世界に足を踏み入れて、どのくらい経《た》っただろう？

もはや引き返すことすら躊躇《ため ら》われるほど奥まった場所までやってきたアンジュは、不意に物音がした気がして耳をそばだてた。

音がしたほうを目指して注意深く歩いていく。

この先にフィラルドがいるのだろうか？

そうであってほしいと願いながら、極力足音を立てないように気を付けて墓地の奥へとさらに進んでいった。

ややあって——ついに闇に紛《まぎ》れた紳士の後ろ姿を見つけた瞬間、安堵《あんど》のあまりその場に座り込んでしまいそうになる。それは間違いなくフィラルドの背中だった。

むせかえるような薔薇の香りが辺りに満ちていた。

見れば、フィラルドが白い薔薇の花束を手向けている墓の周囲にだけ、同じく白薔薇が咲き乱れている。

深い闇夜に浮かび上がる白い薔薇の大輪の数々は美しくはあるものの、異様な雰囲気を醸し出していた。

（あのお墓は……一体どなたのものなのかしら……）

アンジュが声をかけるのを躊躇っていると、フィラルドが重い沈黙を破った。

「イヴァン。待たせたな——ようやく復讐の目途が立った」

(っ⁉)

恐ろしい響きを持つ彼の独り言を耳にした瞬間、アンジュは驚きに息を呑んだ。

(イヴァンって……まさか……イヴァン・オランド氏のこと?)

それは、十年前にフィラルドと一、二の実力を争っていた天才オペラ作曲家の名だった。

若くしてオペラ座の舞台の上で謎の死を遂げたと言われるイヴァン。

フィラルドが名声を独占するために彼を殺したと噂《うわさ》されていたことを思い出して、ぎゅっと拳を握りしめる。

(……やっぱり……あんな噂はでたらめだったんだわ……殺した相手のお墓参りなんてするはずがないもの……)

当時、噂の刃がいかにフィラルドを傷つけたか。それを思うだけで胸が詰まり、泣きたくなってしまう。

十年も前にこの世を去った人をいまだにこうして偲ぶことからしても、イヴァンが彼にとっていかに大事な存在だったかが伝わってくる。

そこまで大切な存在を失った挙句、世間から恐ろしい疑惑をかけられるなんて——

あまりにも辛すぎるフィラルドの過去。

今すぐにでも彼を強く抱きしめたい衝動を堪えながら、アンジュは彼の背中を縋るように見つめ続ける。

そのときだった。

「──なぜ君がここにいる？」

「……っ⁉」

背中を向けたままの彼から、刺すような声をかけられ縮み上がる。

「す、すみ……ま、せん……私……」

「ニコラスかね？」

彼の詰問にアンジュは慌ててニコラスを庇う。

「……私が……無理にお願いしたんです」

「なぜそのような真似を？」

「その、いつもとご様子が違うような気がして……心配で……」

「………」

フィラルドはしばらく黙った後、ため息交じりに言った。

「心配──か。君のような若いお嬢さんに心配をかけているようでは、イヴァンにも笑われてしまうな」

その台詞《せりふ》はいつもの彼らしくどこか斜に構えた皮肉めいたものだったが、その声色には深い悲しみが滲《にじ》んでいる。

アンジュの耳は彼の声のわずかな変化をも逃さない。

（……なんて苦しそうな声……心で泣いていらっしゃるんだわ……フィラルド様が仮面をつけ

ていらっしゃるのは……きっとそれを隠すため）

仮面の奥に隠された彼の本心にようやく触れることができたような気がする。

しかし、それはあまりにも辛く悲しく――また恐ろしく禍々《まがまが》しいものを秘めていて、正視することすら躊躇《ためら》われる。

ニコラスが言っていたとおり、「手負いの獣」という表現が相応《ふさわ》しい。

仮面の下に垣間見える彼の本当の姿は怖いほど傷だらけで――また、同時に憎しみに満ちていた。

その理由は明らかだった。

「復讐は……イヴァンさんのためだったんですね……」

「ああ、そうだ。『オペラ座の亡霊』はイヴァンの最高傑作だった――彼は私が唯一認めた好敵手。失うにはあまりにも惜しすぎる逸材だった。あれほどまでにオペラを愛した男を私は他に知らない。寝ても覚めてもオペラのことばかり考えていた。鋭い感受性を持ち、どこまでも純粋でひたむきでまっすぐな男だった。危ういほどに――」

感情を押し殺しながらも悔しさを滲ませたフィラルドの声から、いかに彼がイヴァンを尊敬し、またその死を嘆いていたかがいたいほど伝わってくる。

フィラルドの復讐は彼だけのものではなかったのだ。

彼があれほどまでに復讐に固執しているのは、亡き好敵手のため――

十年もの間、イヴァンのために憎しみに囚われ復讐の機会をうかがい続けていたフィラルドの献身とその苦しみを思うと、アンジュの胸は張り裂けそうだった。

耳を打つ沈黙が辺り一帯を支配する。

アンジュは彼に何と声をかけたものか分からない。ただ彼の背を縋るように見つめて、彼の辛さを少しでも分かつことができたならばと願うほかない。

フィラルドの広い背中には哀愁が漂っていた。

その頼り甲斐のある男らしい背中を、闇を漂う霧がよりいっそう濃くなって覆い隠そうとする。

このままフィラルドが闇の彼方に消えてしまいそうな恐怖に駆られ、アンジュは気が付けば無我夢中で彼の元へと駆け寄ると彼を背後から抱きしめていた。

(駄目……行ってしまわないでください……どうか私を置いていかないで……イヴァンさん、彼を連れていかないで……)

このまま彼が死の世界へと連れていかれてしまうのでは――そんな不吉な予感を必死に振り払いながら、彼の肩に顔を埋める。

もうこれ以上、涙をこらえるのは無理だった。

アンジュは切なさとやりきれなさに涙しながら震える声で彼に訴えた。

「……もう帰りましょう……ここは……寒いですから……」

「――私の代わりに泣いてくれているのかね?」

「分かり……ません……」

彼に余計な心配をかけたくなくて懸命に強がるが、どうしても声がわななないてしまい、嗚咽が混じってしまう。

ややあって、フィラルドはため息を一つつくと、いつもの穏やかさを取り戻した声でアンジュへと語りかけた。

「そろそろ城に戻るとしよう」

極限の緊張と不安からようやく解放されたアンジュは、その場に座り込んだまま動けずにいた。何か返事をしなければと思うが、寒さと恐怖にかじかんだ唇からはどんな言葉も紡ぎ出すことができなかった。

フィラルドは自らのマントを脱いで彼女の肩へとかけると、その頬を流れる涙をキスで優しく拭った。

のみならず、こめかみや額へと優しく甘いキスを重ねていく。

（心地いい……）

暖かく柔らかな感覚が恐怖に竦みきったアンジュの心をゆっくりと温め解していった。

ж　ж　ж

熱い湯を張った浴槽には白い薔薇が浮かべられていて、湯気と共に強い芳香を放っていてむせかえるよう。

そのためだろうか？　アンジュの頬は酔っているかのように上気していた。

城へと戻ってくると、フィラルドはニコラスに命じて湯浴みの準備をさせたのだ。

しかし、アンジュを彼女の部屋に帰そうとはしないし、ニコラスもすぐに退出させてしまった。

それらの一連の行動が何を意味するか？　アンジュの心臓は壊れんばかりにくるおしい鼓動を奏でていた。

（一体何を考えていらっしゃるのかしら……）

相変わらず掴《つか》みどころのない彼へと困り果てた表情で目で問いかける。

すると、フィラルドは鷹揚《おうよう》な微笑《ほほえ》みを浮かべて、「大事な歌姫に風邪を引かせるわけにはいかない」とだけ答えながらアスコットタイを解いた。

その仕草一つにもアンジュの胸は甘く脈打つ。

フィラルドはまるで挑むようなまなざしで彼女を射抜きながら、続いて服を無造作に脱ぎ捨てて一糸まとわぬ姿になった。

「っ⁉」

咄嗟《とっさ》にアンジュは目を逸《そ》らす。

鍛え抜かれた男らしい身体と――隆々と天を衝くかのようにそそり勃起《た》っている半身をまともに正視できるはずもない。

妖しい予感はもはや最高潮へと達していた。

これから何が起こるのか？　何をされてしまうのか？

つい想像してしまい、アンジュは内心慌てふためいてしまう。

フィラルドが浴槽へと浸かると、薔薇の花が浴槽でゆらゆらと揺れる。

「アンジュ、君も来たまえ――」

頬を朱に染めて目の置き所に困り果てたアンジュへと彼が手を差し伸べてきた。

（……まさか……本当に一緒にっ⁉）

想像が現実になろうとしていることを察したアンジュは目を瞠《みは》り息を呑《の》む。

それを望んでおきながら恐れてもいたのだと改めて思い知る。

きっとからかわれているだけ。そう思いたかったが、どうやらそうではなさそうだ。フィラルドの目の奥には恐ろしいほどぎらついた光が燃え盛っていた。まるで何かを渇望しているかのような――

「……は、い」

アンジュは躊躇《ためら》いがちにドレスを脱ぐと、下着にベビードールというあられもない恰好となって、胸元を庇《かば》いながら彼の待つ浴槽へと向かっていく。

一歩足を踏み出すたびに心臓が大きく跳ね、身体の芯に熱がこもっていく。

フィラルドの手をとると浴槽へと浸かった。

咲き誇る花のようにベビードールの薄布が湯面にふわりと広がっていく。

熱い湯が冷え切った身体へと沁みていき、アンジュは長い息をついた。ようやく凍りついた死の世界から生の世界へと戻ってこられたような気がする。

とはいえ、こんな状況下で安堵する余裕など残されているはずがない。

アンジュは浴槽の端に身を寄せ、彼へと背を向けたまま緊張に身を固くしていた。

すると――背後から優しく抱きしめられ、頭の中が真っ白になる。

「身体が冷え切ってしまったようだな。今温めてあげよう」

「大丈夫……です……っあ……」

不意に首筋を吸われ、同時にヒップに熱い塊を感じ、アンジュは甘い声をあげると、ピクッと身体を甘く痙攣させてしまう。

しかし、フィラルドはそれに気が付いていない素振りで、浴槽の傍のサイドテーブルに置かれたカラフェとグラスを手に取った。

赤ワインをグラスへと注ぐと、彼女の耳元で低く囁いた。

「飲みたまえ」

アンジュは反射的に頷くと、彼が持ったワイングラスへと恐るおそる口をつけた。

彼の命令がどんな意味を持つか、アンジュはもはや考えることさえできない。

芳醇な香りのワインが喉を滑り落ちていき、胸の奥が熱を帯びる。

眩暈《めまい》を覚えるアンジュだが、それは飲み慣れていないアルコールのせいだけではない。

背後から一糸まとわぬ彼に抱きしめられていることをどうしても意識してしまわずにはいられない。

フィラルドはアンジュが一口飲んだワインを口に含むと、彼女の顎を掴んで背後を向かせて唇を重ねてきた。

「ンっ⁉　ぅう……」

今度は口うつしでワインを飲まされ、アンジュはさらなる甘い感覚に酔わされていく。

口端から顎にかけてワインが一筋流れ落ちていき、湯船を濁らせた。

あまりにも官能的な行為に全身の血が沸騰する。

アンジュはたまらず熱いため息をついた。

「こちらを向きたまえ」

「は、恥ずかしすぎて……とても……」

「恥ずかしがることなどない。私は君の全てを見たいのだよ」

フィラルドに窘められ、アンジュはおずおずと後ろを振り向き身体を反転させる。

顔や身体が恐ろしいほどに火照り、もはや何も考えていられない。彼の命令に従う喜びに身を委ねることしかできない。

フィラルドはアンジュを膝の上にのせ向かい合わせになると、赤く色づいた両頬を手で包み込むように撫でながら彼女をじっと見つめ――そして唇を重ねてきた。

そのいつくしむような優しいキスにアンジュのこわばった表情が緩んでいく。

どこまでも甘く紳士的な口づけだった。

「君を大切に思うからこそ、私が棲む闇の世界に引き込んではならない。そう思っていた」

フィラルドは彼女を苦しそうに見つめながら胸の内を明かしていく。

「だが、君は自ら望んで私の世界に足を踏み入れてくる。恐れもせずに。まさかこれほどまでに勇敢な女性とは思わなかった」

「……すみ……ません」

「謝らなければならないのはむしろ私のほうだ。君を欲してはならないと思いながらも、どうしようもなく欲している自分がいる」

「っ⁉」

アンジュは息を呑むと、膝の下で己の存在を主張している雄の化身を意識してしまい、動揺を隠せない。

フィラルドは意地悪な微笑みを浮かべて動揺する彼女をいとおしげに見つめると、歌うような口調で続けた。

「一度手に入れてしまえば滅ぼしてしまいかねない。そう分かってはいても――」

仮面の奥に光る漆黒の双眸には、すでに狂気と紙一重の危うい光が揺らいでいた。

それに気づくや否や、アンジュはニコラスの忠告を思い出す。

（これ以上は……危険……きっと取り返しのつかないことになる……）

恐ろしさのあまり身が竦む。

だが、アンジュは強い覚悟を持ってその恐怖を払いのけた。

「……それでも……構いません」

「復讐《ふくしゅう》に憑かれた男など半ば狂人だ。放っておきたまえ。そのほうが身のためだ」

「嫌です。放っておけません！」

気が付けば、アンジュは無我夢中で彼を抱きしめてそう叫んでいた。

「…………」

しばらくの間、沈黙していたフィラルドだったが、ややあって長いため息をつくと必死の形相のアンジュへと微笑みかけた。

その苦しそうな——それでいてどこか救われたような微笑みにアンジュは吸い込まれそうになる。

「ならば、アンジュ。私も君に全てを明かすとしよう」

フィラルドは仮面に手をかける。

ついに彼自身の手によって仮面が外されるときがきたのだ。

アンジュは神妙な面持ちで固唾を呑み、その様子を静かに見守る。

ずっとその瞬間を願っていた。ありのままの彼に触れたい。感じたい。そう思っていた。

いかに彼を近しく感じても、幾度となく彼の仮面に拒絶されてきた。

やがて、仮面は外され、フィラルドの素顔が燭台の灯《あか》りに照らし出される。

彫りが深く男らしくも端整な顔立ち。

天才として名を馳せていた若き頃の面影がいまだ残ってはいるものの、長い苦しみを耐え抜いてきた痕もまた刻み込まれていた。

それを端的に表していたのが目元の古傷だった。

しかし、それすら彼の圧倒的な魅力を損なう原因にはなり得なかった。

むしろ、さまざまな辛苦を克服してきた成熟した大人ならではの魅力を増しているといっても過言ではない。

アンジュはまばたきすら忘れて、フィラルドの素顔に見入っていた。

「——怖がらせてしまったかね?」

「いえ、その逆です……なんだか見とれてしまって……すみません……」

気恥ずかしそうに笑み崩れるアンジュへとフィラルドは鷹揚に微笑みかけると、カラフェに残ったワインを全て浴槽に注ぎ入れる。

「フィラルド……様?」

彼の意図を推しはかねるアンジュだったが、すぐさま身を以《もっ》て思い知ることとなる。

(……身体が……熱い……どうにかなってしまい、そう……)

こんな酔い方もあるとは知らなかった。酔いが回り思考が鈍ってくる。

「アンジュ——本当はずっとこうして君を独占してしまいたかった」

フィラルドは熱のこもった声で彼女の耳元へと囁いたかと思うと、肩口に口づけてそのまま唇を横へとずらすと、ベビードールと下着の肩紐を咥えて外した。

「あ……」

胸元を庇うアンジュの手を制しながら、柔らかな乳房を露出させたかと思うと、湯に濡れて光沢を放つそれを優しく揉みほぐしていく。

「ン……う……あ、あぁあ……」

アンジュは眉根を寄せると、彼の優美な指で始終形を変え続ける柔肉を見つめながら甘い声をあげてしまう。

頂はすでにしこりとなって存在を主張している。

フィラルドはそれを指先で弄んだかと思うと、不意に乳房ごと持ち上げて口づけてきた。

湿った舌先で敏感な塊を刺激しながら甘く吸っていく。

「はぁはぁ……あ、ンッ……う……ぅ…」

息が乱れ、声に混ざった艶《あで》やかな響きがアンジュの羞恥を煽り立てていた。ワインの酔いもあってか、いつも以上に身体が敏感になっていて、淫らな衝動はすでに弾けんばかりに肥大していた。

必死に唇を噛みしめて声を我慢しようとする努力もむなしく、淫らなレッスンによってアンジュの身体を知り尽くしたフィラルドは緩急をつけた愛撫《あいぶ》で彼女を奏でていく。

焦らしに焦らしたかと思いきや、不意に力任せに乳房を鷲掴《わしづか》みにし、乳首へと歯を立ててくるのだ。

そのたびにアンジュは甘い声を放って達してしまう。

フィラルドはそのたびにいったん愛撫の手を止めると、切れ長の目を細めて彼女の淫らな歌声に陶然と聞き惚れていた。

「ああ……声、恥ずかし……です……い、やぁ……」

「恥ずかしがることなどない。もっと淫らな歌声を聞かせたまえ」

いたたまれない思いでうなだれるアンジュの耳元に意地悪に囁《ささや》く。

その囁きだけでアンジュが感じ達してしまうことを知った上で彼が敢《あ》えてそうしているのは明らかだった。

(駄目……この声……おかしく、なる……我慢、できなく……なって……)

前戯だけで幾度となく達してしまったアンジュは、すでに蕩け切った表情でフィラルドをじっと見つめる。

おかしくなって我慢できなくなったとして――その先はまだ未知の領域だった。

どうしたものかわからず、アンジュは追い詰められていく。

「あ、あぁ……フィラルド様、もう……これ以上は……いったいどうしたら……」

自分を押さえきることがどうにも難しくなり、半泣きになりながらフィラルドへと縋るように尋ねた。

フィラルドはそんな彼女の頭を優しく撫でて落ち着かせる。

「私に全てを委ねたまえ」

「……はい」

「もうそろそろいいだろう」

そう言うと、いきなり彼女の足の付け根の奥へと指を潜らせてきた。

「あっ！　あぁぁああっ！」

不意を衝《つ》かれたアンジュは鋭くも甘やかな悲鳴をあげながら昇りつめ、フィラルドの身体へとしがみついて逞《たくま》しい肩に爪を立ててしまう。

だが、構わずフィラルドは不敵な微笑みを浮かべると、渾身の力で締め付けてきた少女の肉壺を指で攪拌《かくはん》しながら解していく。

すでにそこはとろみがついた蜜で満たされていた。

「ン……あっ⁉　あぁ……や、掻《か》き、回さ……な、いでくださ……ンンンンッ！」

ただでさえ達しやすくなった身体は、いとも簡単に彼の指に翻弄されてしまう。

アンジュは彼の腕の中で身悶えながら、恥ずかしいほど容易に達し続ける。

（いや……こんなはしたない反応……呆《あき》れられてしまう……）

感じまいとするのに、淫具によって開発された秘所は貪欲にフィラルドの指を誘い続ける。

指だけではなく、もっと太くて熱いものが欲しいと言わんばかりに。

「こんなにも渇望されては応えるほかないな。今、君が望むものをあげよう――」

フィラルドは恐ろしい響きを持つ声で告げると、彼女の腰を抱え込み、蜜をたたえた肉の花弁へと己の半身をあてがった。

「っ⁉」

つるりとした熱い塊が敏感な粘膜へと押し付けられ、アンジュは長いまつげに縁どられた大きな目を見開いて戦慄した。

本能的な恐怖と期待とが膨れ上がって限界まで張りつめる。

しかし、その緊張にこわばった彼女の頬をフィラルドが優しく撫でてきた。

アンジュが息をついたその次の瞬間、雄々しい肉竿がついに侵攻を開始した。

「っつ……く、あ、あ、あ、あぁ……」

杖頭よりもさらに大きな塊が奥へとねじ込まれていく感覚に身が裂けてしまうのではないかとアンジュは怖くなる。

だが、苦悶に顔を歪めながらも、懸命にフィラルドを迎え入れようとする。

彼女の献身に応えるべく、フィラルドもまた注意深く腰を奥へと進めていった。

(こんなに……大きい、だ、なんて……)

今まで味わったことのない拡張感に身体が震えてくる。とてもではないが自分の中に収まりきる気がしない。

しかし、じりじりと圧をかけて巨根は秘裂へと沈み込んでいく。

まるで焼き鏝を身体の中心に押されていくかのように感じ、アンジュの胸は妖しく掻き乱されていく。

ややあって、フィラルドは抽送半ばでいったん動きを止めた。そこを突破してしまえば、もはや後戻りはできなくなる。

「大丈夫かね？」

フィラルドがアンジュの身を案じて尋ねてきた。

アンジュは逼迫《ひっぱく》した表情で震えながらもしっかりと頷《うなず》いてみせる。

その覚悟に応じるべくフィラルドは、彼女の背中を浴槽へと押し付けるようにして自重をかけて一気に最奥まで貫いた。

「っ⁉　あぁあああぁあぁあああああっ！」

重い衝撃が子宮口へと打ち込まれ、たまらずアンジュは引き攣《つ》れた悲鳴をあげてのけぞってしまう。

「あ、う……っく……ぅ」

呻《うめ》き声をあげて身を固くさせた彼女をフィラルドの思いつめたまなざしが射抜く。

彼は再び動きを止めると、破瓜を迎えたアンジュが落ち着くまで静かに待つ。

「――深く呼吸したまえ。そうすれば少しは楽になる」

「う……あ、は、は……い……」

とてもそんな余裕は残されていなかったが、アンジュは彼に教えられたとおりに懸命に息を吸っては吐いてを繰り返す。

その間も肉槍は衰えをみせるどころか、膣内でさらに力を増していく。

（ああ……まだ大きく⁉　こ、壊れて……しまう……）

獰猛《どうもう》な半身を体内に感じて、アンジュはくじけてしまいそうになる。

だが、それでも――フィラルドへの一途な思いでなんとかやり過ごすことができた。

痛みが治まってくると、ようやく一つになれたという実感がこみ上げてきて、アンジュのこわばった表情が和らいでいった。

「ついに君を私だけのものにしてしまった。アンジュ」

「うれし……いです……」

互いに顔を見合わせると微笑み合い唇を重ねる。

言葉はなくとも愛し愛されている実感にアンジュの胸は満たされていく。

しかし、それをじっくりと味わっている余裕はない。

フィラルドが彼女の唇を貪りながら、腰を動かし始めたのだから。

「ンッ⁉　ンン……あ……っ、あぁあ……っく……ちゅ……ん……」

アンジュは口中をまさぐってくる彼の舌に懸命に応じるも、淫らな往復を始めた肉棒の猛攻に慄《おのの》きを隠せない。

しかも、挿入《い》れられただけでも壊れてしまうかに思えたのに、彼の突き上げはだんだんと激しくなっていく。

「あっ、や……こわ、い……あ、あぁあ……や、あぁああ……」

痛みの最中に恐ろしいほどの愉悦が一瞬混じり、アンジュは身を捩《よじ》りながらあられもない声をあげてしまう。自分が自分でなくなってしまうかのような快感に身を委ねきるのが怖くてならない。

その一方で蜜壺は歓喜にうねり、フィラルドの肉槍に吸い付くかのようにまとわりついて歓迎していた。

心と身体の相反する反応がアンジュをより一層混沌《こんとん》の奈落へと突き落としていく。

（あ、あぁ……熱い……中から蕩《とろ》けてしまい、そう……）

アンジュは朦朧とする意識の中、彼の動きに合わせて身体を切なげに波打たせながら、甘い嬌声《きょうせい》をあげ続ける。

身体の奥深くをゆっくりと雄々しく突き上げてくる抽送におかしいほど翻弄される。

肉槍が最奥へと食い込んでくるたびに重く鈍い快感が響いてきて、いてもたってもいられない衝動に襲われる。

アンジュの愛らしい顔は今や淫らに蕩けきって、その秀でた額には玉のような汗が浮かんでいた。

だんだんとフィラルドの動きは荒々しいものへと転じていき、浴槽に浮かぶ薔薇の花の揺れ方が激しくなっていく。

「ンッ！　あぁっ！　フィラルド……様、あ、あぁああ……も、っと」

もっと――もっと深く激しく。乱して穢して独占してほしい。

そんな恐ろしい欲望が口をついて出てきそうになる。

男女の愛の営みは、アンジュが想像していたものよりもずっと生々しく激しいものだった。

まるで互いの全てを曝《さら》け出し、魂ごと交わるかのよう。

理性も体面も躊躇《ためら》いも不安も何もかもが絶頂の彼方《かなた》へと掻き消されていく。

「アンジュ、もっと乱れてくるいたまえ」

フィラルドは目の前に突き出されたアンジュの肩側の乳房を鷲掴みにすると、もう片方の乳房へと歯をたてた。

そして、さらなる自重をかけてがむしゃらに彼女を穿ち始める。さながら飢えたライオンのように。

「っ⁉ あ、あ、あぁっ！ あぁ……ンンぁああ……あぁあ……」

本当に食べられてしまうのではという錯覚とひっきりなしに襲いかかってくる快感の高波にアンジュは乱れくるわされる。

息をつく間もないほどの猛攻に我を忘れて淫らな声を上げ続ける。

「あぁああっ！ ま、また……ン……ぁあ……変に、な、って。あ、あぁ、もう駄目で、す。あぁっ！ あぁああ！ お、おかし……く……ンンンッ！」

真っ白な世界へと昇り詰める間隔は加速度的に縮まっていた。

アンジュはしなやかな身体を波打たせながら、フィラルドの逞しい身体の下で雌としての歓喜に酔いしれていた。

互いに息を弾ませながら、時折激しい口づけを交わし——さらなる高みを目指して、濃厚な交わりを続ける。

フィラルドは荒々しい息をつきながら凄絶な笑みを浮かべて、アンジュを貪る手をけして緩めようとはしない。

時折、不意に深くつながり合ったまま腰をグラインドさせ、亀頭を子宮口へとめりこませてはアンジュの鋭すぎる反応と嬌声とを堪能する。

「ン……あ、あ、奥……そんな、にしな……いで……くだ、さ……い」

「それは『もっと欲しい』というおねだりのつもりかね？」

「ち、違いま……す。そんなつもり、じゃ……」

「違うと言いながらこんなにも締め付けてきている。矛盾しているな」

「う、っく……そ、それ……は……身体が……勝手に」

「ならば、身体の声に素直に従いたまえ――」

フィラルドは彼女の腰を浮かせるように掴むと、自らの腰をもさらに突き出し、先ほどもよりも大きく回してみせた。

「ひっ！　あ、あ、いやぁああぁあああっ！」

最奥を抉るように弄られたアンジュは、引き攣れた悲鳴と共に激しく達してしまう。

膣がきつく締まり猛る侵入者をうねる壁できつく抱きしめた。

「っく――」

フィラルドは低い咆哮を放つと、彼女の切迫した求めに応じて下半身のこわばりをついに解き放った。

「――っ⁉」

アンジュは激しい痙攣《けいれん》の後、自らの中で彼が雄々しく脈打つのを感じた。

興奮冷めやらない膣内が熱いもので満たされていく。

フィラルドの逞しい肩が上下するのを霞《かす》んだ視界に認めながら、アンジュの意識は一点の曇りもない満ち足りた世界をたゆたっていた。

怖いほどの狂乱が嘘《うそ》のようにそれは平和な世界だった。

正真正銘、愛する人と一つになれた至福感に包まれながら、アンジュは心身を弛緩《しかん》させていく。

だが、遠のきかけた彼女の意識をフィラルドの熱い囁きがつなぎ止めた。

「まだ夜は長い――」

「……え？」

それはどういう意味なのだろう？

不思議そうに薄く目を開いたアンジュのこめかみに口づけると、フィラルドは熱い息を吹き込みながら彼女の耳たぶを甘噛みしていく。

「ンン……」

アンジュがくすぐったそうに肩を竦めてみせると、精をやって一旦は収まりかけた雄の化身がみるみるうちに力を取り戻していった。

「う……あ、あぁ、う、そ……」

激しい攻めからようやく解放されたとばかり思っていたのに。まだ終わっていなかっただなんて――

愕然《がくぜん》となったアンジュは身を竦ませる。

「……む、無理です……さすがにこれ以上は……」

必死に訴えかけるも、フィラルドは彼女の言葉に耳を傾けずに深くつながり合ったまま浴槽から立ち上がった。

「っきゃっ⁉」

アンジュは慌ててギリシャ彫刻を思わせる彼の上半身にしがみつく。

すでに彼女の膣内でフィラルドの半身は再び力を取り戻していた。

つなぎ目から滲《にじ》み出《で》た精液が浴槽の湯をわずかに濁らせたのみで、肉栓は隆々といきり勃起《た》って蜜壺を押しひろげている。

「あ……う……あぁ、動か……ない、で……」

不安定に身体が揺れるたびに深く重い快感が奥深くから滲み出てきて、アンジュは掠れた声で嘆願した。

だが、フィラルドは問題ないといったふうに首を左右に振ると、彼女の腰を抱え込んだまま浴槽から寝室へと向かっていく。

「やっ！　あ、ン！　あぁあぁあっ！」

フィラルドが歩くわずかな振動にも、アンジュは翻弄され軽く達してしまうようになっていた。

そのたびにつなぎ目から精液と蜜潮のまざったものが淫らに滴り落ちていき、寝室に敷かれたペルシャ絨毯《じゅうたん》に恥ずかしい染みをつくっていく。

フィラルドは、精緻な浮彫を施した柱を持つキングサイズのベッドへとアンジュを下ろしつつその逞しい身体でのしかかっていった。

「このほうがより深くつながることができる――」

彼女の両足首を掴んだかと思うとV字に開かせてあられもない姿勢を強いる。

「あ、ぅ……深すぎ……て……」

「奥を苛《いじ》められるのが好きなのだろう？　もっと深く苛めてほしいと自ら願ったのを忘れたのかね？」

意地悪な言葉をアンジュへと投げかけると、フィラルドは腰を落とすように重々しい抽送を開始した。

「ひっ……あ、あ、あうっ！　あぁあああああっ！」

アンジュの狂おしい歌声が湿った淫らな伴奏に合わせて寝室へと響きわたる。

「――その調子だ。アンジュ、後少しで君の天使の歌声は完全に解き放たれる」

フィラルドはアンジュの嬌声の昂ぶりに応じて、さらに深く鋭く肉棒を穿《うが》っていく。

散らされたばかりの花弁は甘酸っぱい飛沫《しぶき》をあげながら、彼の雄々しい動きに合わせて収縮と拡張とを交互に繰り返す。

ベッドが軋み、アンジュはあまりにも激しすぎるピストンに半狂乱になって際限なく昇りつめていく。

「あああぁっ、フィラルド様……こ、壊し、て。あぁあ……全てめちゃくちゃに……」

「存分に壊れたまえ。君の望みは我が望みだ」

汗にまみれた四肢と身体が執拗《しつよう》なまでに絡み合い、さらなる頂上を目指して愉悦の階段を共に駆け上がっていく。

がむしゃらに突き上げられるたびにアンジュの身体は淫らに波打ち、目の前で揺れ動く乳房へとフィラルドが歯を立てる。

今や二人は全てのしがらみから解放され、本能の赴くまま互いを思うさま求め合い、貪り合っていた。

（あ……あぁ……何も、かも……が……くるって……）

あまりにも激しく貪られ、アンジュの意識は今にも途切れてしまいそうだった。

しかし、その寸前でフィラルドの猛攻を受け、気絶することすら許されない。

限界はとうに超えていた。

それでもなおフィラルドは衰えることを知らず、アンジュの秘所を猛然と穿ち続ける。

アンジュの喘《あえ》ぎ声はより一層激しさを増していき、上ずっていく。

「さあ、我が天使よ。飛び立つ瞬間《とき》が来た」

フィラルドが朗々とした声でそう告げると、持てる全ての力を持ってアンジュの最奥を貫いた。

「っ⁉」

刹那、アンジュは天上から降り注ぐ鐘の音に打たれたかのような衝撃を受ける。

「ン、あぁぁ！　ま、また……何かが……キて。あ、あぁああっ！　ああ！　こ、怖い。あ、ン、あぁあぁぁあああああああぁあっ！」

息も絶え絶えとなったアンジュが最後の力を振り絞って絶叫した。

それは、アンジュが今までどうしても出すことができなかった「終わりのアリア」の一番高い音だった。

ついに人の声を超えたその音を解き放つことができたのだ。

感極まったアンジュの頬に熱い涙が流れていく。

（これで、ようやく『おしまいのアリア』を歌うことができる。フィラルド様の願いを叶《かな》えることができる……）

世界の何もかもが輝いて見える。恐れるものはもはや何もない。

アンジュは生まれ変わったかのような感動に身を委ねながら、満ち足りた思いでゆっくりと意識を手放していった。

翼を広げて大空へと飛びたつ夢を見ながら――

ж　ж　ж

「……ン」

瞼の裏に光がちらつき、アンジュは満ち足りた眠りの底からゆっくりと目覚めていく。

カーテンの隙間から洩れた朝日がまぶしくて目を細める。

あまりにも深い眠りに沈んでいたせいか、頭がまだはっきりとせず焦点が合わない。

だが、暖かな響きを持つ低い声に囁かれた瞬間、心臓が力強く跳ねて一気に目が覚める。

「アンジュ、起きたかね？」

（フィラルド様っ⁉）

仮面を外したフィラルドがすぐ傍で微笑みかけてきた。

一瞬、アンジュはまだ夢を見ているのではないかと混乱するも、昨晩の記憶が蘇《よみがえ》り、今自分が置かれた状況を理解することができた。

（ついに、私……フィラルド様と……）

身体のあちこちに昨晩の激しい行為の名残が残っていて――それに気が付くや否や、アンジュの頬は赤らむ。

それは一糸もまとわずありのままの姿で、魂ごとぶつかり合うような行為だった。

剥《む》き出《だ》しにされた本性の赴くまま、二人が一つに融《と》けていく際の恐ろしい愉悦の洪水を思い出すだけで身体の奥深くが疼《うず》く。

恥ずかしさのあまり今すぐベッドから飛び出したい衝動に駆られるも、シーツの下は何も身に着けていない。

まさかシーツを巻き付けて逃げ出すわけにもいかず、アンジュは困り果てた表情で寝返りを打つとフィラルドへと背を向けた。

あんなに痴態を晒《さら》した後で、彼の顔をまともに見ることができない。

アンジュがどぎまぎしながら、背にした彼の様子を窺っていると、フィラルドはベッドから起き上がりガウンを無造作に羽織った。

そして、サイドテーブルに置かれたティーポットからカップへと紅茶を注ぐと、アンジュへと差し出してきた。

「これを飲みなさい。はちみつ入りのハーブティーだ。痛めた喉に効く。さすがに昨日は喉を使いすぎただろう」

「っ⁉」

明らかに含みのある彼の指摘にアンジュの顔はさらに熱く燃え上がる。

確かに、彼に貪られてひっきりなしに喘ぎ嬌声を上げ続けたせいだろう。やけに声がかすれると思ったら——そういうことだったのかと羞恥に拍車がかかる。

「…………」

アンジュはシーツを胸元に掻き寄せてゆっくりと身体を起こすと、彼の手からティーカップを受け取って口をつけてみる。

まろやかな甘みとハーブティーの香りに癒され、少しだけ落ち着きを取り戻す。

数えきれないほどフィラルドに抱かれ、乾ききった喉に沁みわたるかのようだった。

「大丈夫かね？」

フィラルドがベッドに腰かけると、アンジュの頬を指でくすぐりながら尋ねてくる。

アンジュはカップに口をつけたままこくりと頷いてみせた。本当は足の付け根や身体の節々が痛むし、身体の奥には何かが挟まったような気がしておかしな心地だったが、それを口にするだけの勇気は残されていなかった。

しかし、フィラルドはそんな強がりすら見抜いているようだった。

空になったカップをアンジュから受けとると、再び彼女の傍に身体を横たえて腕枕をしてきた。

アンジュはくすぐったい心地に笑み崩れながら甘えるように頬ずりする。

愛する人と身体も心もつながることが、こんなにも満たされることだとは知らなかった。ようやく恥ずかしい思いが静まってきて、しみじみと幸せを噛《か》みしめる余裕が生まれる。

フィラルドは、恥ずかしそうにはにかむアンジュの髪を指で弄びながら苦笑した。

「――イヴァンも恐らくあの世で呆れているだろうな。彼の命日に見せつけるかのように君を独占してしまうなど」

「……そうだったんですね」

アンジュは会ったこともないフィラルドの親友に申し訳ない気がして顔を曇らせた。

「すみ……ません。そんなことも知らずに……お邪魔してしまって……」

「いや、構わない。君をそう仕向けた策士は他にいるだろう？」

「……え、ええ……ま、まあ……」

ニコラスのことを指しているのだと気づき、曖昧に言葉を濁す。

「まあ、イヴァンのことだから――むしろ自分のことのように喜んでくれるだろう」

今まで見たこともないフィラルドの柔らかな微笑みにアンジュは見入ってしまう。

「――どんな方だったんですか？」

「オペラの創作にかけては天才だった。私が天才と認めるのは彼をおいて他にはいない。だが、他のことはからきしだった」

「なんだか意外です……天才ってなんでもできる人だとばかり思っていました」

「逆だ。何かに突出しすぎた才能を持って生まれた人間は、その才能に潰されることも稀ではない。我々はウィーン音楽大学の同期だったが、彼の一般教養科目の成績は実にひどいものだった。あまりにも愚直な男で周囲が見ていられない程だった」

フィラルドは葉巻をくゆらせながら、その煙の向こう側に亡き親友を見ているかのような遠い目をして語る。

アンジュは彼の話を通してイヴァンに親近感を覚えていた。フィラルドが人を疑うようにという忠告をした相手も恐らく彼だったのだろう。

「人をすぐに信じては裏切られ、それでも人を信じることをやめなかった。そんな性格が災いして『オペラ座の亡霊』を盗まれ、自分が掴むはずだった栄光を横取りされ、人間の醜さと裏切りに絶望して自ら命を絶ったのだよ。感受性が鋭すぎる人間にとって、俗世はあまりにも生きづらい――」

「……よいことばかりでもないのですね。知りませんでした」

「ああ、そのとおりだ」

(フィラルド様も……きっとイヴァンさんと同じように悩んでこられたに違いない……)

だからこそ、二人は良き好敵手であり親友だったのだろう。

アンジュは指先で彼の傷へといとおしげに触れる。

その古傷自体はさほど目立つものではないが、フィラルドの整った顔とはあまりにも対照的で間近では存在が際立って見える。

「――これはイヴァンの死を忘れないため、復讐を誓ったときに自ら刻み込んだ傷だ。あの頃の私はまだ若かった。こうでもしないと自分だけが生きながらえることを赦すことができなかったのだ」

十年以上経《た》ってもなお残る傷跡――当時はかなりの深手だったに違いない。

「……どう、して……そこまで……」

「イヴァンは私に『オペラ座の亡霊』の最終幕を託してから、燃え尽きるように自ら命を絶ったのだよ。それは書きかけの『オペラ座の亡霊』をもっとも信頼を寄せていた人物に盗まれた後、絶望の奈落で書き上げきったものだった」

フィラルドは沈痛なため息と共に力なく首を左右に振った。

アンジュは、静かに彼の告白に耳を傾け続ける。

「『オペラ座の亡霊』は彼が初めて愛した女性のために、持てる力の全てを注いだ特別な作品だった。それを奪われたイヴァンは痛々しいほどに憔悴しきっていた。私に最終幕を託すときも別人のようにやせ細り、受け取らなければ死んでしまうのではと思って受け取った。だが、実際は――知ってのとおり逆な結末だった。皮肉なものだ」

自嘲めいた口調で言い放つと、フィラルドは遠い目をして言葉を続けた。

「何度後悔したかしれない。私は決定的な過ちを犯してしまい、唯一無二の親友を永遠に失ってしまったのだ。私が彼を殺したようなものだ」

フィラルドがあまりにも苦しそうでとても見ていられず、アンジュは黙ったまま彼の頭を胸に掻き抱いた。

まさかあのアリアにこんなにも辛い事情が秘められていたなんて――

フィラルドはアンジュの胸に顔を埋めたまま深い息をついた。

それは先ほどの重いため息ではなく、安堵《あんど》の響きを帯びている。

どんな言葉をかけたとしても、恐らく彼の慰めにはならないだろう。経験したこともない辛さを分かち合うことなんて実際のところ不可能だ。それは、かつて声を失ったときに嫌というほど味わってきたことだった。

どんな慰めの言葉も、それを味わったことのない人が口にすれば、それは刃となって逆に相手を傷つけるもの。

アンジュは自分の力不足、経験不足を嫌というほど思い知り自身の若さを呪う。

同じような苦しみを味わった者にしか共有できないものがある。

しかし、共有できなくても相手の気晴らしになることくらいはできる。

かつて姉がしてくれたように、相手の傷には触れずにただその場に一緒にいること。それがどんなにありがたかったことか。

「…………」

アンジュは黙ったまま、彼の頭をいつくしむように優しく撫でていく。

フィラルドも頭を彼女に預け切ったまま、それ以上何も言おうとはしなかった。

ж　ж　ж

オペラ座の屋根の上——ガルニエ宮の正面《ファザード》の切妻屋根の頂で黄金の竪琴を頭上高くに掲げるアポロン像の傍に腰かけたアンジュは、雲間から斜めに差し込んでいる夕日の光に目を奪われていた。

（きれい……）

昔、母が何度も繰り返し読んでくれていた絵本の場面が脳裏に蘇っていた。

その絵本に出てくる魔女は、夕暮れ時を一日で一番美しい「魔法の時間」と呼び、全ての仕事を中断してその日一日に感謝しながらゆっくりとお茶をすると決めていた。

素敵な習慣だと憧れ、いつかは自分もそんな生活を送りたい。そう思っていたが、現実はなかなか厳しくて、とてもそんな余裕はなかった。

懐かしい思いと切ない思いが胸を締め付けてくる。

と、そのときだった。

「っ⁉」

ふと人の気配を感じて後ろを振り向くと、すぐ傍にブロンドの美しい青年が立っていた。

ほっそりとした身体つきに整いすぎるほど整った顔立ちは女性と見まがうばかりだったが、その口元には皮肉めいた微笑みが浮かんでいて、どこか斜に構えているような雰囲気を身にまとっている。

（いつの間に――）

まるで忽然《こつぜん》と姿を現わしたかのようで。

アンジュは彼を警戒しながらもどこかで会ったことがあるような気がして、記憶を手繰り寄せていく。

（違う……会ってはいない……この人は……）

若かりし頃のフィラルドの隣で笑っていたもう一人の天才。

（まさか……イヴァンさん？）

気づくや否や、血の気が引いていく。

オペラ座の舞台で自死を遂げた彼がなぜここに⁉

驚きのあまり言葉を失って、ただその場に立ち尽くす他ない。

イヴァンと思《おぼ》しき青年は寂しげな微笑みを浮かべてアンジュを見つめると、反対側の屋根の端を指さした。

「……っ？」

彼の指さす方向を見たアンジュはハッと息を呑む。

（フィラルド様⁉）

漆黒のマントを羽織ったフィラルドの後ろ姿がそこにあった。

しかし、どこか様子がおかしい。

異様な違和感に胸騒ぎを覚え、アンジュは手をきつく握りしめた。手の平が汗ばみ、全身が小刻みに震えてくる。

その理由はすぐに明らかになった。

強い風に煽《あお》られて彼のマントが翻る。

その足下には――赤黒い血溜まりができていたのだ。

それだけではない。ゆったりとしたシフォンのブラウスまでもが血で染まっていて、彼の指先から足下へとなおも血が滴り落ちている。

「っ⁉」

信じがたい光景にアンジュは自分の目を疑う。

（この血は……いったい……）

恐ろしさのあまり思考が停止する。

むしろ、これ以上何も考えてはならない。理性がそう警鐘を鳴らしていた。気づいてしまえば――取り返しのつかないことになる、と。

足が竦《すく》んで身動き一つできないアンジュに向かってイヴァンが口を開く。

だが、唐突に教会の鐘の音が大音量で鳴り響き始め、彼が何を言っているかまったく聞き取ることができない。

（こんな音は……嫌……やめ、て……聞きたく、ない……）

まるで不安をよりいっそう掻き立てるような不協和音に打ちのめされ、アンジュはたまらず耳を塞ぐ。

そんな中――フィラルドが肩越しに後ろを見た。

その横顔には復讐、憎悪に燃え上がる凄絶な微笑みが浮かんでいて、アンジュの血は凍りつく。

フィラルドの目から血の涙が一筋伝わり落ちていくのをやりきれない思いで見つめるほかなかった。

ж　ж　ж

「っ⁉」

アンジュはハッと息を詰めて目を開く。

フィラルドとベッドに横たわったまま、いつの間にか再び眠りに落ちていたようだ。

「…………」

まだ心臓が早い鼓動を奏でている。

(何かとてつもなく恐ろしい夢を見たような……)

すぐには思い出せなかったが、やがて血に濡《ぬ》れたフィラルドの姿が脳裏へと蘇り、アンジュは身を震わせた。

(フィラルド様は……一緒に寝ていらしたはず……)

後ろを振り向くも、そこに彼の姿はなかった。

心臓を氷の手で鷲掴《つか》みにされたかのような感覚にアンジュは青ざめる。

(一体どちらに⁉ まさか……さっきの夢が正夢に⁉)

嫌な予感に心臓がぎしりと軋み、生きた心地がしない。

咄嗟《とっさ》にいつもお守りのように持ち歩いているフィラルドのハンカチを目で探す。

果たして、それは浴室へと続く寝室の戸口近くに脱がされたドレスの隣に落ちていた。

アンジュはシーツを身体に巻き付けてベッドから飛び降りると、ハンカチを拾い上げて胸へと押し抱く。

(ただ悪い夢を見ただけ……きっとそうに違いない……)

幾度となく勇気を与えてくれたアレのハンカチを握りしめていると、不吉な予感が幾ばくか和らいでいく。

と、そのときだった。

アスコットタイのブラウスに黒い革ズボンにブーツといったいつものいでたちに着替えた

フィラルドが書斎側の扉から寝室へと戻ってきた。

その姿を目にした瞬間、アンジュはホッと胸を撫で下ろして長いため息をついた。

「アンジュ、そんなところで座り込んで——どうかしたのかね？」

「いえ、その……起きたときにいらっしゃらなかったので……驚いて……」

まさかあんな不吉な夢を見たなんてことをわざわざ言えるはずもなく、アンジュはぎこちなく言葉を濁す。

「すまない——少し書斎で仕事を片付けていた。急を要するものがあってね。起こしてしまったかね」

「いえ、こちらこそ……長居してしまってすみません……自分の部屋に戻ります」

「構わない。むしろ、私としてはずっといてくれても構わない」

フィラルドのからかいを帯びた言葉にアンジュの胸は高鳴り、恐怖と不安にこわばりきった心が凪《な》いでいく。

フィラルドは彼女を横抱きにすると、ベッドへと運んで丁重に下した。

そして、ベッドの端に腰かけると、アンジュの髪を長い指に絡めながら、いたわるように尋ねてきた。

「……震えているな。怖い夢でも見たのかね？」

「……ええ」

詳しく聞かれてしまったらどうしよう。

困ったアンジュは彼から視線を逸らして、ハンカチをぎゅっと握りしめる。

「そのハンカチは——まだ持っていたのかね？」

「あ……その……申し訳ありません。ずっと返しそびれていて。お返しします」

「いや、構わない。それは君が持っていたまえ——むしろずっと持っていてくれたことのほうがうれしい」

「お返ししようと持ち歩いていたら……なんだかお守りみたいになってしまって……」

「それは光栄だ。だが、私が傍にいる時は私に君を守らせてほしい」

フィラルドは口元に意地悪な微笑《ほほえ》みを浮かべると、「悪夢など私がすぐに忘れさせてあげよう」と囁いてきた。

「っ⁉　け、結構……です……」

「遠慮することはない」

あれだけ貪られたのにまた⁉　と、アンジュは驚き慌てふためく。

とてもではないが体力が持ちそうにもない。

「っ……駄目、です……これではいつまで経ってもベッドから出られなくなって……」

「むしろそのほうが好都合だ」

「っ⁉」

フィラルドがアスコットタイを外してブラウスを脱ぎ捨てると、アンジュへと身体を重ねてきた。

素肌同士が重なったところがあまりにも心地よくて――アンジュは躊躇《ためら》いながらも彼の身体を受け入れてしまう。

確かに――あんな不吉な夢、頭の中から一刻も早く追い出してしまったほうがいい。

そう思いなおして、彼の繊細な愛撫に身を委ねていく。

彼の指がピアノを弾《ひ》くかのように全身を這っていき、時折、淫らな口づけが白磁に痕を残していった。

「あ、あぁっ！」

秘所に指を挿入《い》れられ、同時に肉芽をくすぐられて甘い声をあげる。

快感に血が沸き立ち、すぐに何も考えていられなくなる。

だが、それでも――あの恐ろしく不吉な夢は彼女の頭の奥底にこびりついて、なかなか消えそうにもなかった。

第六章

「アンジュ、元気だった？」

「ええ！　お姉ちゃんも元気そうね」

「もちろんよ！　アンジュが頑張ってるんだから、私も頑張らなくちゃってね！」

アンジュとルルーは、二ヶ月ぶりの再会にはしゃいでいた。

テーブルの上にはルルーが腕を振るった料理がずらりと並べられている。

オムレツに生ハムとチーズのサラダ、クラムチャウダーに鶏肉のグリル——どれもがアンジュの好物ばかりだった。

フィラルドの元で昼夜を問わずのレッスンの末、アンジュはついに「おしまいのアリア」を歌えるようになり、いよいよ明日オペラ座の舞台に立つこととなった。その報告とフィラルドが用意してくれた観覧用の招待チケットを姉に渡すために自宅へと戻ってきたのだ。

ずっと夢を応援してくれていた姉にこそ晴れ姿を見てもらいたい。そんな気持ちを慮《おもんぱか》って、フィラルドはわざわざチケットを用意してくれたに違いない。

もっとも——晴れ姿となるかどうかについては疑問の余地が残されてはいたが。

なにせフィラルドは、『オペラ座の亡霊』の公演の最後の場面をのっとり、本当の最終幕を演じるというあまりにも大胆不敵な計画を企てているのだから――

(本当にそんなこと……できるのかしら?)

そうは思うものの、彼ならばきっと実現するに違いないとも思う。

「少し見ないうちになんだかとても大人びたみたい。別人のようよ」

「そ、そうかな?」

ルルーの指摘に我に返ったアンジュはぎくりとする。フィラルドとの秘密を見抜かれてしまったのではと危惧して。

だが、さすがにそれは思い過ごしのようだった。姉の屈託のない笑顔には疑いのかけらも浮かんでいない。

ホッと胸を撫で下ろしつつも、話題を逸《そ》らすべくアンジュはできたての大きなオムレツを口いっぱいに頬張ってみせる。

「んんーっ!　おいしい!　やっぱりお姉ちゃんのオムレツは最高だわ!」

バターとチーズをふんだんに使ったふわふわのオムレツはルルーの得意料理だった。

頬に手をあてうっとりとした表情で歓声をあげるアンジュの様子をルルーは満ち足りた様子で眺めている。

「アンジュ、オムレツ大好きだものね。お代わりならいくらでもつくってあげるから」

「ありがとう!」

フィラルドには悪いとは思うが、どんなごちそうよりもやはり姉の手料理が一番おいしいとアンジュは思う。きっと誰かが誰かのためを思って作った料理は、その思いが隠し味となってなんでもないごくありきたりの料理すらごちそうに変えるのだろう。

(私もフィラルド様に何か料理を作ってさしあげたい……)

そんなふうに思いながら、アンジュは姉に満面の笑みを浮かべてみせる。

「その様子だと、レッスンは順調そうね」

「っ⁉」

突如、レッスンのことに触れられ、クラムチャウダーを味わっていたアンジュは思わずむせてしまう。

「大丈夫?」

「う、うん……」

いつもフィラルドと一緒にいたせいか、姉の言葉すら妙に意味深に聞こえてしまう。

フィラルドをほんの少しうらめしく思いながら、アンジュは姉の質問に答えた。

「……順調だと思うわ。どうしても歌えなかった難しい曲も歌えるようになったの。それでいよいよ舞台に立つことになって。今日はそのチケットを届けに戻ってきたの」

胸を高鳴らせながらチケットを中に入れた封筒を姉へと差し出す。

「フィラルド様がお姉ちゃんにって――」

「っ⁉　本当に⁉　いいの?」

「うん、ぜひにって仰《おつしや》ってくださって」

「うれしいわっ！」

ルルーはアンジュから封筒を受け取ると、丁重な手つきで封を開いていく。

その目が潤んでいるように見えて、アンジュの胸まで熱くなる。

「このチケットって……まさか……オペラ座のもの⁉　しかもボックス席だなんて……」

チケットを確認したルルーは驚きに目を瞠る。

「ええ――急で申し訳ないのだけど、明日の都合は大丈夫？」

「そんなの愚問だわ！　どんな用事があっても絶対に観に行くに決まってるじゃない！」

「ありがとう。ニコラスさんが明日、開演の二時間前に迎えに来てくれることになっているから。支度も全てお任せしていいみたい」

「……まあ、本当に何から何まで……夢みたい……」

おどけて頬をつねって大げさに痛がってみせるルルーにアンジュは笑み崩れる。

「ついにアンジュがオペラ座の舞台に立って歌う日が来るなんて……夢みたい……」

「……うん」

「ものすごく頑張ったのね……お母さんが知ったら……どんなに喜ぶか……」

感極まったルルーの目には大粒の涙が浮かんでいた。その声は熱く震えていて、それに気づいたアンジュもまたもらい泣きしてしまいそうになる。

「でも……あまり期待はしないでね……その、ちょっとしか出番はないし」

あまりに手放しに喜んでくれる姉に後ろめたい気持ちがしてアンジュは言葉を濁す。

まさか本当のことを明かせるはずがない。

「ちょっとだってなんだって素晴らしいことじゃない！　最初の一歩が一番肝心なんだから！　その一歩を大切にしていけば、いずれ必ず有名なオペラ歌手になれるわよ！　その名声が届けばお母さんだって会いに来てくれるかもしれないし！」

相変わらず前向きな姉に勇気づけられ、少しばかり後ろめたさが和らぐ。

「もっと自分を誇りなさい！」

「……本当に……いろいろとありがとう」

「私なんてたいしたことはしていないわ！　アンジュが頑張ったからよ！」

「……頑張れたのは、お姉ちゃんとフィラルド様が……私を信じてくれたから」

自分一人だったらとっくに諦めていたに違いない。改めてアンジュは自分を支えてくれた二人の存在を改めてありがたく思う。

「まさか『オペラ座の亡霊』の最終公演でアンジュが歌えることになるなんて——きっと注目されると思うわ」

「え？」

（最終公演？）

アンジュは聞き捨てならない姉の言葉に耳を疑った。『オペラ座の亡霊』はもう十年以上も演じ続けられてきた不動の人気を誇るオペラであって、これからもずっと続くものだと疑いもしなかった。

　すると、ルルーのほうが驚いた様子で言葉を続けた。

「そうよ？　まさか知らないの？　『オペラ座の亡霊』の上演は明日の追悼公演が最後だって発表があって以来、パリシア中その話題で持ち切りよ」

「っ⁉　追悼……って……」

　縁起でもない言葉にアンジュの心臓がぎしりと軋《きし》む。

　熱く震えていた胸に冷水を浴びせられたかのようだった。

　聞きたくない。だが、聞かずにはいられない。

　アンジュは断頭台にかけられる罪人の思いで姉の言葉を待つ。

「ええ、ほら――『オペラ座の亡霊』の作曲家がつい一週間程前に亡くなったでしょ？」

「っ⁉」

（ハイン・ネグリオール氏が……亡くなった⁉）

　アピシウスで見かけた紳士が今もうこの世にいないだなんて。

　あまりにも恐ろしい事実にアンジュは震えあがる。

「……そんな……どう、して……」

「噂《うわさ》では亡霊のせいだって……」

「っ⁉　まさかっ！　そんなことまで亡霊のせいにするなんて……」

「まあ、『オペラ座の亡霊』にかかわった人がおかしくなったり亡くなったりしているのは事実だし前の公演中止の件もあるし、これ以上騒ぎを大きくしないためにも劇場側も公演を中止せざるを得ないみたいね」

「…………」

確かに姉の言うことには一理ある。

それにしても、まさかそんなことになっていただなんて思いもよらなかった。

（どうしてフィラルド様は教えてくださらなかったのかしら？）

何かとてつもなく嫌な予感がする。

「亡霊の呪いだかなんだか知らないけれど、ヒロイン役のオペラ歌手もずっと荒れていて引退説も囁《ささや》かれているみたいだし、主演の亡霊役も逃げ出してしまって明日は代役が演じるみたいだし——これ以上続けることのほうが難しいのかも」

「…………」

アンジュはショックのあまり言葉を失っていた。

（オペラ座の亡霊の呪い。呪いなんてものが本当にあるのかどうかは分からないけれど、多くの人がそれを信じてしまえば……それは事実になってしまう……）

そこまで考えた瞬間、血の気が引く。

（まさか……亡霊の呪いは……意図的に作られたものじゃ……）

アンジュの悲鳴を「亡霊の呪い」だと信じたローザが取り乱して公演は中止となった。

それが瞬く間に広まっていき、いつの間にかまるで事実のように一人歩きしていた。

呪いは――作ることができるもの。

それが人を追い詰めていき、新たな呪いを生み出してしまうのでは⁉

恐ろしい考えに到達した瞬間、アンジュは愕然となる。

（誰が……何のために……呪いなんて……）

それ以上考えてはいけない。

本能が警鐘を鳴らすが、いったん気づいてしまった考えを止めることはできない。

（……まさか……フィラルド様が……復讐《ふくしゅう》を果たすために⁉）

恐ろしい結論が導き出された瞬間、足下から震えが這《は》い上《あ》がってきてアンジュは自身の腕をきつく抱きしめた。

心臓が嫌な鼓動を奏でた瞬間、脳裏に血染めのシャツを着たフィラルドの姿が蘇る。

（あれは現実ではないわ。ただの悪夢に過ぎない……）

そう自分に何度も言い聞かせるも、胸はざわめいたまま一向に落ち着かない。

もしも仮にあれが正夢だとしたら――

（嘘よ……いくら復讐のためだからって……さすがにそこまでは……）

馬鹿げた妄想だと思うが、フィラルドが時折垣間見せる憎悪に彩られた冷ややかな微笑みがアンジュを不安の奈落へと突き落とす。

「アンジュ？　どうかしたの？」

姉の心配そうな声にアンジュは我に返った。

「……う、ううん……ちょっと疲れていて……なんでもないわ……」

「でも、顔が真っ青よ？　今日は泊まっていけるんでしょう？　少し早めに休んだら？」

「……ごめんなさい。明日の準備がいろいろとあって……食事を終えたら戻らなくちゃ。まだレッスンも控えているし……」

「あら、そうなの……残念だけど仕方ないわね。でも、明日の公演が終わったら必ずお祝いさせてちょうだいね！」

「……うん、ありがとう」

アンジュは姉を心配させてはならないと、ぎこちない笑みを作ってみせた。

だが、一度芽生えた恐ろしい可能性は心の底に張り付いてけして消えそうにない。

（こんな大切な時に……今は明日の公演のことだけに集中しなくてはならないのに）

さまざまな疑惑が胸をよぎり、心を掻《か》き乱してくる。

（フィラルド様……違いますよね？）

アンジュは祈るような思いでフィラルドへと思いを馳せた。

ж　ж　ж

姉との食事を終えた後、アンジュは再びニコラスの送迎によってフィラルドの城の自室へと戻ってきた。

ややあって、フィラルドがレッスンのために部屋へと足を運んできたが、アンジュはまともに彼の目を見ることができずにいた。

脳裏にこびりついているのは、あのおぞましくも恐るべき可能性。フィラルドが復讐のために人を殺めているのではという疑惑。

（フィラルド様を疑うだなんて……あってはならないことなのに……）

それは今まで彼との間に築き上げてきた信頼を失いかねない気づきだった。目を背けたいと思うのにどうしてもできない。

考えてしまうほどその疑惑は色濃くなっていき、いたずらに不安を駆り立ててくる。

（全てが終わって考えればいい。今すべきことだけに集中しないと……）

自身の胸にそう言い聞かせると、アンジュは「おしまいのアリア」の譜面に目を落とし、そこで初めて歌詞が書きこまれていることに気が付いた。

（これが……『おしまいのアリア』の歌詞……）

それは現在の最終幕と真逆の内容を匂わせるもので、アンジュは愕然とする。

（……どうしよう……クリスティの気持ちが分からない……これでは歌うことができない）

歌詞がなければ歌うことはできる。

だが、クリスティとして、その思いの丈を込めて歌い上げなければ観客には届かない。

青ざめるアンジュを一瞥《いちべつ》すると、フィラルドは一度開きかけたピアノの蓋を元に戻して彼女へとこう告げた。

「今夜のレッスンは中止だ——今日はもうゆっくり休みたまえ」

「え？　ですが……本番は明日なのに……」

「表情が浮かない。声にも陰りがみられる。きっと疲れが出たのだろう」

「……申し訳……ありません」

「緊張しなくともいい、と言ってもさすがに無理があるだろうが、君の歌声は必ず全聴衆を魅了する。不安がる必要は何もない」

「………」

フィラルドの励ましをありがたく思う一方で、彼の期待に応えることができないかもしれないという思いにいたたまれなくなる。

彼のハンカチを握りしめて自らを鼓舞しようとするが、どうしても心がついてこない。

「——姉上と何かあったのかね？　良い気晴らしになるものだと思っていたのだが」

「いえ……何も……姉はものすごく喜んでくれました……」

「そうか、それは良かった」

どこかぎくしゃくした会話がアンジュの表情をさらに曇らせていく。

それに気づいたフィラルドは彼女の頬へと触れてきた。

刹那、アンジュはビクッと自分でも驚くほど大げさに反応してしまう。

「……すみ……ません……」

彼に触れられることを無意識のうちに拒絶しているのだと気づいてしまった途端、泣きたくなる。

今までこんなにも愛した人は他にいないのに——

否、だからこそこんなにも怖いのだろう。深く愛せば愛するほど、失うのが怖くなる。失望されたくない。失望したくない。

アンジュはどうしたらいいか分からず涙ぐんでしまう。

「一体どうしたのかね？　私でよければ相談にのるが——それとも一人にしておいたほうがいいかね？」

「…………」

果たしてどちらがいいのか、アンジュにも分からない。

（全てを打ち明けて……真相を尋ねたほうがいいのかもしれない……）

ようやく、例の恐ろしい可能性を彼自身に否定してほしいのだと気づくが、そもそもそんな疑惑を彼に抱いてしまったことを知られたくはない。

以前、少しは他人を疑うようにと彼に言われたことを思い出すも、愛を確かめ合った後で相手を疑うような真似は裏切りにも等しい。

他人を疑うことを知らなかったかつての自分に戻ることができたらどんなにいいか。

だが、もう何も知らない子供のままではいられない。すでに愛を知り、大人の階段を昇り始めてしまったのだから。

（どうしたらいいの⁉　何が正解なの？　分からない……）

強い葛藤に苛《さいな》まれるアンジュだが、不意に身体が浮き上がる感覚に我にかえる。

「っ⁉　フィラルド様？」

フィラルドに横抱きにされたのだと気づいて彼にしがみつく。

葉巻の混ざった彼自身の香りに胸が切なく締め付けられる。

フィラルドはアンジュをベッドへと優しく下ろすと、彼女の額に口づけた。

唇の甘やかな感覚に幾分か不安が和らぎ、アンジュは目を細める。

「君の歌声を縛り続けてきたのは『不安』と『不信』だ——私が解き放ったはずだが、なぜまた縛《いまし》められてしまったのかね？」

「……それ、は……」

澄み切った黒水晶の双眸《そうぼう》にまっすぐ見つめられ、アンジュは全てを打ち明けてぶつかる他ないとついに観念する。

きっと何をどうつくろったところで、彼はいずれ疑いを見抜いてしまうに違いない。いや、もう半ば気づいているだろう。

だとしたら、自分から胸の内を明かしてしまったほうがいい。

アンジュは彼のハンカチを握りしめて勇気を振り絞ると、慎重に言葉を選びながら彼に尋ねた。

「今日……姉から聞いたんです……『オペラ座の亡霊』は明日の公演が最後で……追悼公演でもあるって……まさかそんなことになっていたなんて。私は全然知らなくて……」

「──ああ、そのとおりだが？」

「フィラルド様もご存じだったんですね……どうして教えてくださらなかったんですか？」

「君にわざわざ知らせるほどのことでもないと思ったからだ──」

まるでそんなことには興味がないとでもいうかのように冷ややかな彼の口調が鋭い刃となってアンジュの胸を傷つけていく。

「あの男が死んだからと言って我々の計画には何の変更もない。この期に及んで、あんな卑小な男などに邪魔などさせはしない」

フィラルドの深い憎しみと侮蔑のこもった声色にアンジュは震えあがる。

心臓が不吉な早鐘を打ち始める。

その声には他人がけして触れてはならない闇が潜んでいた。その闇の正体をこれ以上暴いてはならない。アンジュの本能はそう警鐘を鳴らす。

「身の丈に合わない栄光を無理やり掴めば身を滅ぼすと、ようやく身を以《もっ》て思い知ったに違いない。つくづく醜い男だった」

「……っ!?」

吐き捨てるような彼の言葉にアンジュは耳を塞ぎたい衝動に駆られる。

もうこれ以上何も聞きたくない。狂おしいほどの憎しみを露わにした彼を見たくない。

「……どうか、そんな恐ろしいこと……仰《おっしゃ》らないでください……」

「すまない、怖がらせてしまったなら謝ろう」

いつもの彼に戻り、アンジュは胸を撫《な》で下《お》ろす。

だが、まだ彼の目の奥には危険な光が揺らいでいるような気がして油断ならない。

フィラルドはアンジュの髪を指で梳きながら、低い声で続けた。

「君は心優しい女性だ。他人の痛みも自分の痛みとして感じすぎてしまう。あの男の死を知って動揺したのだろう」

「……はい……驚いてしまって……」

「だが、あの男にそんな価値などない。ただ単に遅すぎる天罰が下ったに過ぎない」

「…………」

くるおしいほど凄絶な微笑みを浮かべた彼を目にした瞬間、アンジュの血は凍りつく。

（……まさか……本当にフィラルド様が……ネグリオール氏を……）

恐ろしい疑惑を払いのけ、何の不安もなく公演に臨みたかった。

だが、その願いもむなしくアンジュは絶望の淵に立たされる。

それでも——彼を信じたい。

アンジュは一縷《いちる》の望みをかけて疑惑の核心に触れる質問をついに口にした。

「……天罰を下したのは……フィラルド様ですか？」

と。

どうか否定してほしい。

だが、アンジュの願いもむなしく、フィラルドは冷笑を浮かべるとこう告げたのだ。

「ああ——彼を死へ追いやったのは私だ」

と。

もはや疑う余地もない。疑惑は確信へと変わってしまった。

(これが……フィラルド様にとっての復讐……)

亡き親友の遺したオペラを完成するだけではなかったのだ。

ハインの死すら彼の復讐に織り込まれていたものだとすれば——明日の公演はさらなる血で染まることとなる。

さらなる恐ろしい可能性に気づいたアンジュは、絶望に引き裂かれた胸を押さえてうずくまる。

(フィラルド様の願いを叶えたかった。だけど、まさかこんな恐ろしい願いだったなんて)

そんな彼女の背をいたわるように撫でながら、フィラルドは歌うような口調で囁いた。

「何も恐れることはない。じきに君の夢と私の夢、そしてイヴァンの復讐は成就する」

第七章

(フィラルド様の復讐を阻止しなくては……止められるのは……きっと私だけ)

公演当日の早朝、一睡もせずに自分がなすべきことに考えを巡らし、フィラルドの復讐を阻止すべきだとの結論に達したアンジュは意を決して城を抜け出した。

複雑に入り組んだ地下通路で迷いながらも、オペラ座の奈落でのレッスンの際に通った道順を必死に思い出しながらなんとかオペラ座まで辿り着くことができた。

朝、自分がいなくなってしまったことを知ったフィラルドの気持ちを思うと胸が押しつぶされそうになる。すぐにでも引き返したい衝動に駆られてしまう。

だが、それでも――彼のことを思うからこそ戻ってはならない。

そう自分に言い聞かせて、ともすれば恐ろしい裏切りにくじけてしまいそうな気持ちを奮い立たせてひたすら前を前を目指していく。

(……他の人を傷つけてまで果たす復讐なんて……間違っている……)

これ以上、彼の手を血で染めてはならない。呪いは新たな呪いを生み出してしまう。

(フィラルド様を憎しみの鎖から断ち切ってさしあげたい……今度は私の番……)

公演の乗っ取り――それが何を意味するかまったく理解していなかった自分の幼さが悔しくてならない。

誰かから何かを奪うということは犠牲を伴うこと。どうしてそんな簡単なことにもっと早く気が付かなかったのだろう。

（次の犠牲者が出る前に……なんとしてでも公演を中止しないと……）

この日のために苛烈なレッスンに耐えてきたこと。姉が誰よりも楽しみにしてくれていることと。それを自らの手で台無しにしてしまうことは身が切られるほどつらい。

（でも……誰かを犠牲にして……自分の成功を掴むことなんて私はできない……）

他人を蹴落としてまで栄光を掴みとった人々にとって、こんな考えは甘いと笑われてしまうだろう。それでも、そんな手段で掴んだ栄光はある種の呪いがかかるに違いない。そう思わなければ、一度は奈落まで蹴落とされた過去の自分が報われない。

アンジュは人目を忍びながら、ようやくの思いで楽屋まで辿り着いていた。『オペラ座の亡霊』の劇中劇のドレスを着ているため、逆に代役と思われ不審がられずに済んでいるようだった。

追悼公演を控え、舞台裏の空気は張りつめていて関係者の行き来がせわしない。

アンジュは緊張の面持ちで通路の突き当たりにある個室の楽屋をノックした。

めまぐるしい心臓の鼓動が鋭く頭に響いて顔を顰《しか》める。

これから愛する人を裏切る――

いくら裏切りではない。彼のためを思うからこそだと主張したところで、フィラルドの目には歴然とした裏切りと映るだろう。本人がどういうつもりかということはあまり意味を持たない。相手にどうとられるかが全てなのだ。

それが分かっているからこそ、胸が引き裂かれるような思いで中からの返事を待つ。

「——どうぞ」

しばらくの沈黙の後、透き通った声ではあるが沈みきった返事が聞こえてきた。

アンジュは息を呑《の》むと、震える手でドアを開く。

「……失礼……します……」

個室の楽屋のドレッサーの前に、長年『オペラ座の亡霊』のヒロイン役を務めあげてきた歌姫ローザが腰かけていた。

絶世の美女と名高い彼女だが、その目は虚ろで覇気というものが全く感じられない。

パリシア一の歌姫との誇りに満ちた勝気な笑みはかけらもない。

何かに心底怯えて憔悴しきっているような表情に、アンジュは彼女もまた自身に迫った危険をすでに知っているのだと察した。

フィラルドが次に誰かを殺めるのだとしたら、パリシア一の歌姫の座を独占してきた彼女だろうと思っていた。

どうやらその予想は正しかったようだ。

「……貴女《あなた》ね。ついに私を殺しにきたの？」

「っ!?」

思いもよらなかった言葉を投げかけられ、アンジュは驚きを隠せない。

すると、ローザは自嘲めいた微笑みを浮かべて言葉を続けた。

「その声、私に聞き分けられないとでも思って？　寝ても覚めても……一度聴いたら耳にこびりついて離れない……貴女が『オペラ座の亡霊』の刺客なのでしょう？　イヴァンの死後、行方知れずとなっていたあの未完のアリアを忘れるな——そう訴えかけてくるかのよう……」

彼女が以前中断した公演のことを言っているのだとようやく考えが追いついて、アンジュは慌てて首を左右に振った。

「違います……あれは……そういうつもりでは……」

「では、どういうつもりだったというの!?　彼がいよいよ復讐に来たのだと——そうとしか思えなかった」

ローザは苦しそうに顔を歪《ゆが》めると、胸を押さえて目を伏せた。そのまぶたは細かく痙攣《けいれん》していて、情緒が不安定なのだと見てとれる。下手に刺激してはならない。

アンジュは慎重に言葉を選びながら躊躇《ためら》いがちに尋ねた。

「彼のこと……ご存じ……なのですか？」

「一度も忘れたことなんてなかったわ……裏切ってしまう前からずっと……」

「っ!?」

ローザの悲痛な叫びがアンジュの胸に深く突き刺さる。彼女の声色には深い後悔と自責の響きがあった。のみならず、愛しさと憎悪の念をも入り混じっていて――心がひどく掻《か》き乱《みだ》される。

「……裏切るつもりなんてなかった。彼のためを思うならって……天才は二人はいらないってハインにそそのかされて『オペラ座の亡霊』を盗んだのよ。まさかそれがあんな悲劇の連鎖を生むだなんて。彼の大切なものを全て奪う結果になるだなんて思わなかった……」

気が付けばアンジュは嗚咽交じりの声で訴えかけてくる彼女を抱きしめていた。

舞台の上で脚光を浴びているローザの姿はどこにもない。彼女はアンジュに縋《すが》りつくようにして幼子のように泣きじゃくる。

アンジュは震える背中を優しく撫でながら、彼女が落ち着くのを待つ。ようやく明らかになった複雑な入り組んだ復讐劇の全貌に思いを馳《は》せながら。

（ネグリオール氏がローザさんに『オペラ座の亡霊』を盗ませていたなんて……）

栄光を掴みとるために一人の男が手段を選ばなかった結果が、全ての悲劇の始まりだったのだと知り、やりきれない思いに駆られる。

人を死に追いやるほどの嫉妬、復讐の念が渦巻くオペラが呪われていないはずがない。憎悪の連鎖が呪いとなって次々に人を滅ぼしていったのだ。

「――取り乱してごめんなさい」

「いえ……」

「ずっとこの瞬間を待っていたはずなのに……だからこそ罪に押しつぶされてしまいそうにな

りながらも必死にクリスティの役にしがみついてきたはずなのに……亡霊の呪いを恐れて去っていった人もいたけれど……私は逃げずに待ち続けていた」

「……え？」

寂しげな微笑みを浮かべるローザの呟きにアンジュは違和感を覚える。

（この瞬間を待っていた⁉　それって……どういうこと？）

ローザは、怪訝《けげん》そうに目を瞠るアンジュの両手をとると、自分の首へと回させた。

「さあ、彼の復讐を遂げてちょうだい」

「――っ⁉」

彼女が言わんとすることに気づいたアンジュは慌てて彼女の手を振り払って叫んだ。

「駄目です！　そんなこと言わないでください！」

憔悴しきったローザの肩を掴んで揺すりながら、必死に訴えかける。

「私がここに足を運んだのは貴女を殺すためじゃありません！　貴女を救うため……憎しみの連鎖を断ち切るため……彼を縛ってきた恐ろしい鎖をどうにかして断ち切りたくて……」

憎しみに囚《とら》われたフィラルドをどうにかして救いたい。例え、それが彼を裏切ることになり憎まれたとしても――

ローザはひたむきなアンジュをじっと見つめると苦笑した。

「貴女は……そこまであの人のことを思ってくれているのね……」

アンジュは涙ぐみながら彼女へと頷《うなず》いてみせる。

「私も貴女みたいにあの人にまっすぐぶつかる勇気さえあれば……」

ローザはため息混じりに呟《つぶや》くと、言葉半ばで沈黙して苦しそうに目を閉じた。

しばらくの沈黙の後、彼女は力なく首を左右に振ってから目を開いてアンジュへと尋ねてきた。

「貴女の名前は？」

「アンジュといいます」

「……天使《アンジュ》、いい名前ね。どうかフィラルドを救ってあげて」

「ローザさん……」

両手をぎゅっと握りしめられたアンジュは、彼女の手をしっかりと握りしめ返してからしっかりと頷いてみせた。

「いつか必ず……」

その言葉を聞き終えたローザの表情が和らぐと、その双眸にいつもの力が蘇《よみがえ》る。

「私にできることは、死をもって罪を償うことくらい……だから、貴女の気持ちはとてもありがたいのだけど、最後の舞台で甘んじて彼の憎しみを受け止めるわ」

「…………」

彼女の宣言には反論の余地は一分《いちぶ》も残されていなかった。

ローザの決意は固い。誰が何と言っても変えることはできない。

だから、アンジュはそれ以上何も言うことができず、力なくうなだれる他ない。

「その衣装――彼は私ではなく貴女にクリスティを演じて欲しいのでしょうね」

「分かりません。ただ私は……『おしまいのアリア』を歌ってほしいとしか聞いていなくて。そのことだけしか考えていなくて……」

それが具体的に何を意味するか、考えてもみなかった自分の浅はかさが口惜しい。

パリシア一の歌姫の座はたった一つしかない。ローザを引きずり降ろさなければ、新たな歌姫の誕生はありえない。

そのためにフィラルドが一体何を企《たくら》んでいるか――想像しただけで血が凍りつく。

「あの人に選ばれたのは貴女。だけど、最後にクリスティを選ぶのは観客よ。最後まで持てる力の全てをもって戦い抜いてみせるわ。決着は舞台の上で。いい？」

「……はい」

二人は互いに固く握手を交わし合った。

もしかしたら、もう二度とこうして会話を交わすことはできないかもしれない。そんな覚悟が言葉にせずとも伝わってくる。

最後の『オペラ座の亡霊』の開演まで後二時間と少し。

その呪われたオペラの終幕は、もはや誰にも予想がつかない。

今、静かにその恐ろしい幕があがりつつあるのを感じながら、アンジュはフィラルドに祈らずにはいられなかった。

（フィラルド様……お願いです……どうか復讐に滅ぼされてしまわないで……）

ж　ж　ж

もはや、『オペラ座の亡霊』の呪いは誰にも止められない。

皆が滅びに向かって突き進む他ないのだろうか？

アンジュは舞台の袖で自分の無力さを痛いほど思い知らされていた。

舞台の上では、『オペラ座の亡霊』の最後の公演がすでに始まっている。

ハイン・ネグリオールの追悼公演かつ『オペラ座の亡霊』の最後の公演だけあって、オペラ座のホールを埋め尽くした観客の顔ぶれはそうそうたるものだった。

一番のボックス席にパリシアの女王陛下の姿があることからしても、この公演がいかに特別なものかが窺《うかが》うことができる。

舞台の上のローザは楽屋での彼女とは別人のようだった。

今にも崩れてしまいそうな傷だらけの心を毅然《きぜん》と隠して、クリスティを演じている。

第二幕――オペラ座の天井で伸び伸びと歌う彼女の歌声はどこまでも甘く、しかし同時にどこかいつも以上に鬼気迫るものがあり、彼女が死を覚悟してこの最後の舞台に臨んでいることがひしひしと伝わってきて、アンジュは彼女の無事を祈らずにはいられない。

（もうたくさんの人が傷ついてきた……これ以上もう誰も傷ついて欲しくない……）

そう願うも、その術を持たない自分が口惜しい。

亡霊の呪いを恐れてオペラ座を去った亡霊役の代役を務めるのは、以前サロンで言葉をかわしたシド。ローザもシドも死なせたくない。

だが、フィラルドの狙いは邪魔者を排除し、オペラを乗っ取って本当の最終章を披露し、ハイン・ネグリオールが犯した罪を暴くこと。

だが、そのアリアを歌うことができる唯一の歌姫は彼の元を去った。

とはいえ、そう簡単に復讐を諦めるはずがない。

十年以上もの間、この瞬間を願い続けていたのだから――

（……なんとしてでも……フィラルド様を止めないと……）

どんな手を使って彼が復讐を果たしてくるかは分からない。

緊張の面持ちでアンジュは周囲を警戒し窺っていた。

いざとなれば、身を挺してでもローザを守り、また同時に彼の手を血で染めることを避けるために。

アンジュにできることは、もはやそれくらいしか残されていなかった。

Ж　Ж　Ж

時間が遅々として進まない中、『オペラ座の亡霊』の公演は滞りなく続いていき、ついに一時間弱の幕間を迎えた。

オペラの幕間は社交の場でもあり、多めに時間がとられている。

アッパークラス席専用のバーでは、『オペラ座の亡霊』の呪いについての話題でもちきりで
——人ごみに紛《まぎ》れてフィラルドの姿を探していたアンジュは気が気ではなかった。

この最後の公演で何か事件が起こるかもしれない。

そんな期待と恐れの入り混じった人々の会話は部外者ならではの好奇心に満ちたものであって、それは当事者であるアンジュの感じやすい心を容赦なく傷つけていた。

(皆、他人事だと思って……人が亡くなっているのに……)

仕方のないことだと頭では分かっていても、ローザの涙やフィラルドの恐ろしい表情を思い出すだけでやりきれない思いに駆られる。

『オペラ座の亡霊』は、ヒロインに思いを寄せたオペラ座の亡霊の献身と滅びの悲劇だが、観客たちはその悲劇を「楽しむ」ために足を運んでいる。『オペラ座の亡霊』の呪いによって引き起こされた現実の悲劇すら、彼らの目には演出の一つとしてしか映っていないのかもしれない。

だとすれば、命をかけて舞台に臨むローザやフィラルドの凶行を必死に止めようとする自分が道化のように思えてきてみじめになる。

だが、それでも——最後まで演じきらねばならない。

例え、どんな結末が待っていたとしても。

(もう……何が現実で劇なのか……分からなくなってくる……)

もしかしたら悪い夢を見ているだけかもしれない。
そんな錯覚に捕らわれながらも、アンジュはフィラルドを探し続ける。
だが、どこにも彼の姿はない。
五番のボックス席にはルルーの姿のみ──
やがて、幕間が終わってオペラが再開した。
このまま何事もなく公演が終わればどんなにいいか。
だが、それはありえない。フィラルドは必ず最終幕に現れるはず。
アンジュは思いつめた表情で静かにその瞬間《とき》を待ち続けるほかなかった。

Ж　Ж　Ж

気が遠くなるほど時間は遅々として進まなかったが──ついに『オペラ座の亡霊』は最終幕を迎える。
無数の蠟燭《ろうそく》が灯《とも》された洞窟の地下につくられた聖堂にて──オペラ座の亡霊を演じるシドがクリスティの裏切りを呪いながらも彼女の幸せを願い、パイプオルガンの狂おしい音色と共に闇の彼方《かなた》へと消えていく。闇に響く朗々とした歌声がフェイドアウトしていき、やがて場は沈黙に支配される。その後、闇の中に亡霊がかつてヒロインへと贈った壊れかけのアンティークの人形が照らしだされ、一番最初のオークションの場面へとつながる──はずだった。

しかし、いつまで経《た》っても闇に包まれたまま。ライトが照らされることはない。

異変に気が付いた観客たちがざわめき始める。

（一体……何が起こって……）

嫌な予感にアンジュは押しつぶされそうになる中、必死に舞台に目を凝らす。

と、そのときだった。

突如、パイプオルガンが大音量で響き渡り、空気を引き裂いたのだ。

「っ⁉」

アンジュは雷《いかずち》に打たれたかのような衝撃を受け、茫然自失してその場に立ち尽くす。

身の毛もよだつ不協和音が連なった後、パイプオルガンは人の手によるものとはとても思えない凄《すさ》まじい勢いでバロック調の曲を奏でていく。

（シドさんじゃない……フィラルド様だわ……）

いつの間に入れ替わったのだろう⁉　闇に視界は閉ざされているが、アンジュの脳裏には、フィラルドの長い指がパイプオルガンの鍵盤を滑るように動く様がありありと蘇《よみがえ》っていた。

連弾にも思えるくるおしい程の速さの音が連なり、高く低く唸りをあげて人々の心を激しく揺すぶる。

それはまさに誰もが耳にしたことのない神がかった演奏で——演奏が終わると同時に、オペラ座のホールは荘厳な静謐《せいひつ》に支配された。

そんな中、舞台上のパイプオルガンが闇の中、青白い光を帯びながら浮かび上がる。

パイプオルガンに向き合っているのは漆黒のマントを羽織った一人の男。『オペラ座の亡霊』の亡霊役を演じるオペラ歌手の格好をしているが、まったくの別人だった。否、別人というよりは――「本物」が現れたのかもしれない――そんな畏怖に観客はまばたきをするのも忘れて、男の後ろ姿を食い入るように見つめていた。

「――私の天使《アンジュ》よ、それでいい――呪われた亡霊のことなど忘れたほうが君のためだ。君の輝かしい世界に闇は相応しくない。闇を捨て、翼と共に一点の曇りもない世界に飛び立ちたまえ――」

フィラルドはマントを翻しながら客席を仰ぎ見て、朗々とした声で言い放った。

その長年の辛苦を滲ませた声は観客の胸へと染み入っていく。

（……これは亡霊の台詞《せりふ》⁉　それともフィラルド様の言葉なの？）

全てを知るアンジュはどちらのものにも聞こえて困惑する。「おしまいのアリア」の歌詞しか告げられず、最終幕の筋書までは知らされていないため判断がつかない。

崩れ落ちていく地下聖堂と共に滅びゆく亡霊の最期の台詞なのだろうか？

それとも自分に向けての訴えなのか？

どちらにせよフィラルドの声はアンジュの胸を切なく締め付けてくる。

亡霊役を演じるためかもしれないが、彼が一度は外した仮面を再びつけているのを目にして彼を裏切ってしまった自分を責めずにはいられない。

ちょうどそのときだった。

オーケストラが『オペラ座の亡霊』のオペラに幾度となく出てきた荘厳な旋律を静かに演奏し始めた。

まさかオーケストラまでが彼の計画に加担していたなんて。

アンジュは息を呑んで指揮者を見た。

老いた指揮者の横顔には感無量といった表情が浮かんでいる。

それを目にした瞬間、アンジュはフィラルドの復讐が彼一人だけのものではなかったのだとようやく悟った。

(……イヴァンさんと一緒に仕事をしていた方たち⁉)

振り返ってみれば、オペラ座の守衛といい——フィラルドがオペラ座を自由に出入りでき、こうして舞台の続きを演じることができたのはかつての仲間たちの協力あってのことと考えたほうがよほど自然だった。

(この真実の最終幕を願っていたのは……フィラルド様だけじゃなかったのね……)

熱い思いに胸が震え、感極まったアンジュの双眸から涙の粒が零《こぼ》れ落《お》ちていく。

(もう……誰も彼を止められない……)

舞台上で両手を広げ、ホールの丸天井のフレスコ画を仰ぎ見たまま、フィラルドは両膝を地へとついた。恐ろしく凄絶な微笑《ほほえ》みを浮かべたまま——

絶望と憎しみの奈落に堕ちながらも愛した女性の幸せを祈るその毅然とした姿は、まるで神に挑むかのようだった。

アンジュは息をするのも忘れて、孤高な彼の姿に見入っていた。

彼の復讐を阻止したかった。彼を救いたかった。

しかし、もうどうすることもできない。

フィラルドに亡霊役を奪われたシドは大丈夫だろうか？　ローザは無事だろうか？

もしかしたら、二人とももはやこの世にはいないかもしれない。彼の復讐にかけるくるおしいまでの執着は誰よりもよく知っている。

結局、彼を止めることはできなかった。あまりにも無力な自分に失望する。

（止められなかった……だけど……）

気が付けばアンジュは舞台の袖から彼のほうに向かって駆け出していた。

どうしても彼を救うことができないならば、せめて共に堕ちていこう。

アンジュは両膝をついたまま天を仰ぎ見るフィラルドの身体を背後から抱きしめた。

（フィラルド様、誰よりも愛しています……貴方とならば……きっと恐ろしい罪も共に分かち合えます……）

「——どこまでも深い闇に沈む貴方、一度は恐れ逃げ出してしまった私をどうかお赦《ゆる》しください！」

アンジュの歌声がついにオペラ座のホールへと響き渡った。

『おしまいのアリア』の歌詞にようやくクリスティの魂が込められたような気がする。

アンジュはフィラルドへの思いの丈を込めて、彼と同じように天井のフレスコ画を祈るように見上げながら歌声を解き放っていく。

するとそれに合わせて、オーケストラが「おしまいのアリア」の旋律を途中から奏で始めた。まるで最初からそう演出されていたかのように――

（なぜクリスティが一度は逃げ出した亡霊の元へと戻ってきたのか今なら分かる……今ならこのアリアを歌うことができる）

「失って初めて気づいた貴方が私へあらん限りの愛を注いでくれたこと――貴方からいただいたこの翼で飛び立つならば貴方と共に。それが叶《かな》わぬならば、共に堕ちていきましょう。どんな闇の奈落も、もはや恐れはしません」

イヴァンはどんな思いでこの最終幕のアリアを書き終えたのだろう。

愛していたローザの裏切りに合い、奪われたオペラの最終幕を書き上げて親友に託して自ら命を絶っていったイヴァンに思いを馳せながらアンジュは切々とアリアを歌いあげていく。

きっと彼は『オペラ座の亡霊』を悲劇で終わらせたくなかったに違いない。

オペラ座の大舞台の上だというのに、アンジュの目にはフィラルドしか見えない。

一心不乱に声の限り、アリアを歌い続ける。

フィラルドがアンジュの手をそっと握りしめると、肩越しに彼女を見つめてきた。

二人のまなざしが混じりあうなか、アリアはアンジュがなかなか歌うことができなかった難所へと差し掛かる。

「不安も恐怖も真実の愛には敵いはしません。偽りの愛を捨てて私の全てを貴方へと捧げま

しょう！　呪いも滅びも憎しみさえも、永遠に分かち合うと誓いましょう！」

通常のオペラ歌手の声域を凌駕《りょうが》した二オクターブも高い音が、どこまでも透き通った歌声によってついにオペラ座のホールに圧倒的な声量で響き渡った。

アンジュの神がかった歌声は、その場に居合わせた全ての人々の心を打つ。

あんなにも歌えなかったのが嘘《うそ》のようだった。「おしまいのアリア」を最後まで完璧に歌い上げたアンジュは放心してその場に立ち尽くすのみ。

そんな彼女へとフィラルドが頷いてみせた瞬間、我に返った観客たちが興奮に沸き立ち割れんばかりの拍手がオペラ座を埋め尽くした。一人また一人と競い合うかのように観客が立ち上がり、スタンディングオベーションとなる。

その様子をアンジュは信じられない思いで見あげていた。

（……夢みたい）

否、目の前の光景はずっと願っていた彼女の夢を遥かに凌駕していた。

拍手はいつまで経っても鳴りやまず、舞台の上の二人に惜しみなく降り注ぐ。

「アンジュ、おめでとう――君はもう自由だ。どこへなりとも羽ばたいていける」

フィラルドが慈愛に満ちたまなざしでアンジュへと告げた。

アンジュは涙ながらに微笑み返すと、彼を抱きしめる腕に力を込めて静かに首を左右に振ってみせる。

「いいえ、どこにも行きません……ずっとお傍にいたいです」

二人は互いに見つめ合うと満たされきった穏やかな表情で静かに唇を重ね合わせていく。

甘い口づけの後、アンジュは彼の仮面に手をかける。

フィラルドは彼女のするがままに任せていた。

仮面が外れ、フィラルドの素顔が現れる。

彼の端整な顔に滲《にじ》んでいた十年来の苦悩は消《き》え失《う》せていた。

それを目にした瞬間、アンジュは今までの全てが報われたような気がする。

「もう――これは必要のないものだ」

フィラルドはそう言うと、彼女から仮面を受け取って床へと打ち付けた。仮面は粉々に砕け散る。

かつて表舞台から姿を消した天才が正体を現したことに観客たちは驚き――しかし、万雷の拍手を持って彼の復活を祝福した。

アンジュとフィラルドは共に手を取り合うと、惜しみない拍手を送る観客たちを見渡して深々と頭を下げていく。

五番ボックスから身を乗り出さんばかりに拍手する姉の姿を見つけて、アンジュは笑み崩れた。

今だけはただこの幸せに浸っていたい。

そう思いながら――

第八章

天才作曲家の復活と新たな歌姫の誕生、そして『オペラ座の亡霊』の新たな最終幕に、観客たちは皆一様に興奮冷めやらぬ様子で口々に語りながら帰路についた。

ようやくオペラ座が静けさを取り戻したのは、日付が変わる時分だった。

フィラルドはアンジュを横抱きにしてオペラ座の屋根の上へと昇ると、アポロン像の台座へと腰掛け、彼女を膝の上へと乗せた。

向かい合わせになって座る格好となり、アンジュは気恥ずかしそうに俯《うつむ》いてしまう。

「あの……ここは？」

妙な既視感《デジャヴ》を覚えておずおずと尋ねると、フィラルドは「ここはかつて公演後にイヴァンとよく酒を酌み交わした場所でね――」と答えて、三つ持ってきたグラスの一つをアポロン像の足下に置くとシャンパンを注いだ。

イヴァンに捧げたのだとアンジュは察し、彼と共に黙祷を捧《ささ》げる。

しばらくの沈黙の後、フィラルドはアンジュを見つめて口を開いた。

「アンジュ、素晴らしいアリアだった」

「フィラルド様……」

「君のおかげで『オペラ座の亡霊』の真実の最終幕を公開することができた。これでイヴァンも浮かばれるに違いない――」

フィラルドは残る二つのグラスへと先ほどの残りのシャンパンを注ぐと、祝杯をあげるべく一つをアンジュへと差し出した。

しかし、アンジュはそのグラスを受け取ることができない。

「……私には……このグラスを受け取る資格はありません。いかなる理由があったとしても、フィラルド様を裏切ってしまったんですから……」

「裏切り？　君がいつ私を裏切ったというのかね？」

「っ⁉」

思いもよらないことを言われ、アンジュは驚きに目を瞠ると呻くように言った。

「だって……私は……公演直前に城を抜け出して……」

「だが、舞台には現れた。私との約束どおり『おしまいのアリア』を歌ってくれた。君は私を裏切ってなどいない」

「……っ」

フィラルドが自分へと寄せる信頼の深さにアンジュは打たれ、しばらくの間、胸がいっぱいになって何も言うことができなかった。

（こんなにも……私のことを信じてくださっていたなんて……）

「人を疑ったほうがいいって仰《おっしゃ》ったのはフィラルド様じゃないですか……それなのに……どうして……」

「君は私にとって特別な存在だからだ。何事にも例外は存在する。君を疑うことなどありえない。その尊さを教えてくれたのは君だ。私は君を信じていた。アンジュ——」

「………」

迷いのない彼の囁《ささや》きにアンジュの胸は締め付けられる。

(私はフィラルド様が復讐を遂げるために……恐ろしいことをしているのではって……疑ってしまったのに……)

それは誤解だったことが、公演の後に判明した。

今回の追悼公演では誰一人犠牲者は出ておらず、シドもローザも無事だった。加えて、公演後、ローザがフィラルドに渡したハインの日記から、彼の死が「亡霊」の幻想にとり憑かれた末の自死だったことが明らかに窺《うかが》えた。

自業自得——フィラルドがかつて冷徹にそう言い放ったが、それは事実だったのだ。

「どうして……ハインさんを殺したなんておっしゃったんですか?」

「君の歌声を使って、彼を追い詰めたことには変わらない」

「っ⁉」

フィラルドから明かされた新たな真実にアンジュは息を呑む。

(もしかして……奈落のレッスンもそのつもりで……)

「……知りませんでした……ならば私も共犯ですね……」

罪悪感に駆られてうなだれるアンジュをフィラルドはそっと抱き寄せた。

「それは違う。罪を犯さねばそもそも呪いなどに殺されることもなかった。違うかね？」

「…………」

確かに、フィラルドの言うとおりに違いない。

苦い思いを噛《か》みしめながら、アンジュは複雑な表情で力なく微笑《ほほえ》んでみせる。

「ローザさんは……イヴァンさんを裏切るつもりはなかったと後悔していました」

「どうやらそのようだな。今後は罪滅ぼしのために生きると言っていた。もはや歌手を続けるつもりはないようだ」

フィラルドへそう告げて立ち去っていったローザの複雑な笑顔を思い出して、アンジュの胸はちくりと痛む。

（やっぱりローザさんは……フィラルド様のことを……）

考えてもどうしようもないことだと分かってはいるのについ考えてしまい、やりきれない思いに駆られる。

フィラルドに対する後ろめたさに、アンジュは視線を彷徨《さまよ》わせていた。

彼のひたむきな双眸を正視することができない。否、その資格すらないと思う。

だが、フィラルドは彼女の顎を優しく上向かせたかと思うと、きつく寄せられた眉根へと口づけてきた。

甘い感覚にアンジュのこわばった表情が和らいでいく。

「もう全ては終わったことだ。これ以上自分を責めるのはよしたまえ——」

「ですが……」

「全ては私のためを思っての行動だった。違うかね？」

「っ⁉　どうして……それを……」

「傍にいてずっと君だけを見ていれば分かる——」

「………………」

フィラルドの全てを包み込むような暖かな言葉は、アンジュのこわばった心をゆっくりと溶かしていく。

（フィラルド様は何もかもご存じの上で私を信じてくださって……赦してくださった）

彼のやさしさに、胸がいっぱいになって涙がこみ上げてくる。

アンジュの頬を伝わり落ちていく涙は月明かりを反射して銀色に光る。

それをフィラルドは穏やかなキスで拭った。

そして、涙に濡《ぬ》れた彼女の目に熱いまなざしを注ぐと改めてこう告げた。

「アンジュ、愛している。復讐《ふくしゅう》の鎖に縛められていた私を救ってくれたのは君だ」

「私も……愛しています……誰よりも」

互いの思いを言葉にして伝え合うと、どちらからともなく引き寄せられるように唇を近づけていく。

重なり合った瞬間、アンジュの胸は高鳴り熱を帯びた。

フィラルドはアンジュの首筋から肩へとキスの雨を降らせていく。

アンジュはその一つひとつに甘い反応を見せ、身体をのけぞらせる。

彼の唇が肌に触れるたびに、熱い血潮が沸き立ち、そのわずかな快感を全身が貪ろうとするのを感じながら、アンジュは甘い声を洩《も》らしていく。

フィラルドがシャンパンを口に含むと、アンジュへと口うつしで飲ませた。

喉の奥が火照ったかと思うと、続けてみぞおちが熱くなり、アンジュは悩ましげに熱い吐息をついた。

極限の不安と緊張からようやく解き放たれ、生き返った心地がする。

「――ずっと私の傍にいたいといった言葉を取り消すなら今のうちだ」

「いえ、そのつもりはありません。覚悟を決めて……戻ってきました」

「そうか。ならばもう二度と離すまい。アンジュ、君の全てを私が支配する――」

フィラルドはアンジュの目の奥を覗きこんでそう宣言したかと思うと、先ほどとはうって変わり彼女の唇を情熱的に奪い、同時に自らの半身を秘所へと突き立てた。

「ンンンッ⁉」

いきなり獰猛《どうもう》な牙を剥かれ、アンジュは鋭い声を放ち全身をわななかせる。

「あ、あぁ……ン……っふ……そ、んな……急に……準備、が……あぁ……」

いつもは執拗《しつよう》なまでにじっくりと前戯をした上で、焦らすかのようにゆっくりと挿入《い》れてくるはずなのに。

まださほど濡れてもいない秘所へと剛直を力任せにねじこまれて息が詰まる。

「っつ……う、あ、あぁぁああ……」

破瓜の時と同じような痛みにアンジュの顔は苦悶に歪む。

しかし、その胸は妖しいまでの高揚感を覚えていた。

(ああ、こんなにも渇望してくださっていたなんて……)

愛する人に求められる喜びを噛み絞めながら、甘んじて彼を受け入れる。

肉棒はすでに隆々と勃起し、まだ硬さを残した肉壺を解していく。

「ン、あぁあ……はぁはぁ……ぁあ、フィラルド様……」

フィラルドの名を呼びながら、アンジュは彼の膝の上で切なげに身悶《みもだ》える。

一方のフィラルドは彼女の腰を深く抱え込むと、腰をストロークさせながら力強い突き上げを加速させていった。

亀頭が勢いよく最奥を貫くたびに、鈍く重い快感がアンジュをくるわせていく。

フィラルドの膝の上でアンジュの身体が淫らに揺すぶられるたびに、柔らかな胸が弾んで長い髪が闇夜に躍る。

いつしかアンジュの腰も彼の動きに合わせて悩ましい動きを見せるようになっていた。互いに深くつながり合うたび、快感が下腹部と脳裏に爆《は》ぜ、二人の理性を打ち砕いていった。

「あぁっ、フィラルド様……すご、く深く、て……激……あぁ、ま、またっ！　ンンッ！」

凄まじい絶頂の渦に呑まれたアンジュはフィラルドの逞《たくま》しい身体にしがみつくと、たまらずその肩口に歯を立ててしまう。

一瞬、眉根を寄せるフィラルドだが、アンジュが乱れれば乱れるほどそのまなざしは獣の光を帯び、よりいっそう大胆にアンジュを貪っていく。

フィラルドはドレスの胸元を力任せに引き裂くと、目の前で揺れて誘惑する柔らかな二つの丘を露出させた。

それを掴んで揉《も》みしだき、先端もろとも柔肉に歯をたてたかと思うと、力いっぱい吸い上げつつ深くつながり合ったままアンジュの身体を押し倒す。

アポロン像の台座に仰向けにした彼女の乳房に歯を立てたまま、自重をかけて子宮口への連撃を開始した。

「っきゃ、あぁ！　あぁぁっ！　や、あぁあっ、いやあぁぁ！」

アンジュの嬌声《きょうせい》がくるおしさを増し、オペラ座の屋根の上に響き、深夜の静けさを破っていく。必死に声が出てこないように両手で口を塞ぐも、フィラルドの容赦ない抽送に我慢しきることができない。

「駄目、です……も、もう少し、ゆっくり、声我慢できな……これじゃまたおかしな噂《うわさ》に」

幾度も達して朦朧とした意識をかろうじて奮い立たせて、猛獣と化したフィラルドに動きを緩めるように訴える。

「望むところだ。亡霊の呪いなど人が作り出したものに過ぎん。共にオペラ座の新たな呪いを創りだすのも一興だ」

「あ、あぁあっ、いやあぁ、ま、また……ン、ンンンッ！」

かえって煽ることになってしまい、フィラルドは彼女の両足を掴むと、より深く身体を奥へと進め、亀頭で最奥をぐりぐりと抉り始めた。

「どうやら——君はここがいいみたいだな」

「っひ、あぁ、お、奥っ！　そ、んなに、しな……い、で……あ、あ、あぁあ！」

「どうなってしまうというのかね？」

意地悪な微笑みを浮かべると、フィラルドは彼女の腰を深く抱え込んで浮かせるようにし、再び苛烈な抽送を再開させた。

蜜に濡れた剛直がくるったように肉壷を侵していく。

（こんな、の……くる、って……しま、う……）

数えきれないほど達しても、けして責めの手が緩むことはない。

むしろよりいっそう激しくアンジュを貪り続ける。

「あぁあっ！　もうっ！　もう赦して……くだ、さい。あぁ、いやぁ、いやぁああ！」

子宮口と腹部側のざらついた壁を肉槍に力任せに抉《えぐ》られた瞬間、ついにアンジュは甲高い悲鳴をあげながら凄まじい絶頂を迎えてしまう。

絶頂に継ぐ絶頂の果てに迎えた頂上は——彼女の意識を攫っていく。

しかし、それでもなおフィラルドは己を律し、衰えることのない精力をもって再びアンジュを突き上げてくる。

「っ⁉　んぁ、あぁ、気持ち、よす、ぎ……おか、し……ンンン……くる、って……」

「存分にくるいたまえ――」

もはや目の焦点が合わなくなり、舌も呂律が回らなくなってしまったアンジュの頭を優しく撫《な》でながら、フィラルドはさらに腰を鋭く動かしていく。

頭の芯にまでその衝撃が伝わってくるかのようで――

「ッ！　やぁああっ！　あぁっ！　あぁあああぁ！」

アンジュは声ならぬ声をあげたかと思うと、全身を激しく痙攣させながら、深すぎる頂上へと昇りつめていった。

刹那、フィラルドは彼女の両手を握りしめると、ついに己の半身を解き放つ。

彼の情熱が迸りとなってアンジュの膣内の隅々まで支配していった。

（ああ……フィラルド様を感じる……）

体内が熱いもので満たされていき、射精の名残で奥でまだ時折脈打っている肉棒を感じながら、アンジュは蕩け切った表情で四肢を弛緩《しかん》させる。

心も身体も一つに溶け合うことができた至福感に浸りながら――

二人は微笑み合うと、優しく唇を重ね合わせていく。

もはや言葉は何もいらない。暖かな気持ちが通い合っていく。

フィラルドがアンジュの身体を優しく抱き起こすと、再び彼女の膝の上にのせたまま、抱きしめてきた。

アンジュもフィラルドを抱きしめ返す。

と、そのときだった。

不意に闇の彼方に何かが動いた気がして、アンジュはハッと目を凝らす。

屋根の反対側にマントを羽織った人影が——だが、それはまるで幻のように闇へと溶け消えてしまう。

（……今のは……まさか亡霊？）

不思議と怖くはなかった。むしろ、それがイヴァンであってほしいとすら願ってしまう。

「どうしたのかね？」

「……いえ、誰かが……そこにいたような気がして。でも気のせいだったみたいです」

「——亡霊、かね？」

「かも……しれません」

冗談めいた会話をかわしながら、アンジュはふと先ほど台座へと置いたシャンパングラスへと目を移す。

グラスは確かにそこにあった。

しかし、その中身はいつの間にか空になっていることに気が付く。

「イヴァンが祝杯をあげにきたか——」

そう呟くフィラルドの目は濡《ぬ》れているようだった。

アンジュはそんな彼の頭を優しく抱きしめると「ええ――」とだけ答えた。

オペラ座の闇をもはや怖いとは思わない。

むしろ近しいものに感じる。

(あのとき楽屋で頭に響いてきた声も、きっとイヴァンさんのものだったんだわ……)

真偽のほどは分からない。だがそう信じたほうがずっと素敵だ。アンジュはそう思う。

フィラルドとイヴァンの友情は死すら分かつことができなかったのだ。

やがて、心地よい沈黙を破ったのはフィラルドの言葉だった。

「アンジュ、『おしまいのアリア』のタイトルがようやく決まった」

「本当ですか!?」

「ああ――『闇を救いしは天使の歌声』。どう思うかね?」

「素敵です」

アンジュがそう答えた瞬間、不意に一陣の風が駆け抜けていく。

二人は意味深な目配せをして互いに笑い合うと、再び唇を重ねていった。

オペラ座の闇の彼方にイヴァンの存在を確かに感じながら――

あとがき

みかづきです。おそらく一目瞭然（？）だとは思いますが、今回は大好きな「オペラ座の怪人」のオマージュ作品にガッツリ挑戦してみました！　作品の都合上、もちろんいろいろと異なるところはありますが、基本はミュージカルを下敷きにしています。

ちなみに、「オペラ座の怪人」には個人的にいろいろな思い出があったりします。

例えば、イギリスでミュージカルにはまり、基本は天井桟敷という一番安い席でいろいろな作品を観ていたのですが、「オペラ座の怪人」だけは奮発してアッパークラス席をゲット！　だけど、観劇前にちょこっと飲んだビールが変に回ってしまって倒れちゃって途中少し観れなかったり……フランスでは実際にオペラ座に足を運び、五番のボックス席やホールを見て回って「オペラ座の怪人」の世界を思い描きながら悦に入ったり……。

そういったエピソードからも分かるように、「オペラ座の怪人」への思い入れは強く、今回の作品もものすごく気合を入れて書きあげました！

なかなか今は諸事情で執筆時間がとりづらく予定もつきづらい中、こんなにもテンション高く書けたのは特に編集さんの協力が大きくて……心より感謝しています。

素晴らしすぎる美麗なイラストと共に、読者の方々にもどっぷりもう一つのオペラ座の世界に浸っていただけたらとてもうれしいです！

みかづき紅月

蜜猫 Mitsuneko Label

蜜猫文庫をお買い上げいただきありがとうございます。
この作品を読んでのご意見・ご感想をお聞かせください。
あて先は下記の通りです。

〒102-0072　東京都千代田区飯田橋 2-7-3
(株)竹書房　蜜猫文庫編集部
みかづき紅月先生 / 旭炬先生

愛執のレッスン
～オペラ座の闇に抱かれて～

2016年2月29日　初版第1刷発行

著　者　みかづき紅月

発行者　後藤明信

発行所　株式会社竹書房
〒102-0072 東京都千代田区飯田橋 2-7-3
電話　03(3264)1576(代表)
03(3234)6245(編集部)

デザイン　antenna

印刷所　中央精版印刷株式会社

Printed in JAPAN
ISBN978-4-8019-0641-9　C0193